—— 新版 ——

小学语文同步阅读

腊八粥

LABAZHOU

沈从文 ——

著

长江出版传媒 | 长江文艺出版社

目录

小说

散文

自 传

小说

腊八粥

　　初学喊爸爸的小孩子，会出门叫洋车了的大孩子，嘴巴上长了许多白胡胡的老孩子，提到腊八粥，谁不是嘴里就立时生一种甜甜的腻腻的感觉呢。

　　把小米、饭豆、枣、栗、白糖、花生仁儿合并拢来，糊糊涂涂煮成一锅，让它在锅中叹气似的沸腾着，单看它那叹气样，闻闻那种香味，就够咽三口以上的唾沫了，何况是，大碗大碗地装着，大匙大匙朝口里塞灌呢！

　　住方家大院的八儿，今天喜得快要发疯了。一个人进进出出灶房，看到那一大锅正在叹气的粥，碗盏都已预备整齐，摆到灶边好久了，但他妈妈总是说时候还早。

　　他妈妈正拿起一把锅铲在粥里搅和。锅里的粥也像是益发浓稠了。

　　"妈，妈，要到什么时候才……"

　　"要到夜里！"其实他妈所说的夜里，并不是上灯以后。但八儿听了这种松劲的话，眼睛可急红了。锅子中，有声无力的叹气正还在继续。

"那我饿了！"八儿要哭的样子。

"饿了，也得到太阳落下时才准吃。"

饿了，也得到太阳落下时才准吃。你们想，妈妈的命令，看羊还不够资格的八儿，难道还能设什么法来反抗吗？并且八儿所说的饿，也不可靠，不过因为一进灶房，就听到那锅子中叹气又像是正在嘟囔的东西，因好奇而急于想尝尝这奇怪东西罢了。

"妈，妈，等一下我要吃三碗！我们只准大哥吃一碗。大哥同爹都吃不得甜的，我们俩光吃甜的也行……妈，妈，你吃三碗我也吃三碗，大哥同爹只准各吃一碗；一共八碗，是吗？"

"是呀！荤荤说得对。"

"要不然我吃三碗半，你就吃两碗半……"

"噗……"锅内又叹了声气。八儿回过头来了。

比灶矮了许多的八儿，回过头来的结果，也不过是看到一股淡淡烟气往上一冲而已！

锅中的一切，对八儿来说，只能猜想……栗子会已稀烂到认不清楚了吧，赤饭豆会煮得浑身肿胀了吧，花生仁儿吃来总已是面面的了！枣子必大了三四倍——要是真的干红枣也有那么大，那就妙极了！糖若放多了，它会起锅巴……"妈，妈，你抱我起来看看吧！"于是妈就如八儿所求的把他抱了起来。

"呃……"他惊异得喊起来了，锅中的一切已进了他的眼中。

这不能不说是奇怪呀，栗子跌进锅里，不久就得粉碎，那是他知道的。他曾见过跌进到黄焖鸡锅子里的一群栗子，不久就融掉了。饭豆煮得肿胀，那也是往常熬粥时常见的事。

花生仁儿脱了他的红外套，这是不消说的事。锅巴，正是围了锅边成一圈。总之，一切都成了如他所猜的样子了，但他却没想到今日粥的颜色是深褐。

"怎么，黑的!"八儿同时想起了染缸里的脏水。

"枣子同赤豆搁多了。"妈的解释的结果，是拣了一枚大得特别吓人的赤枣给了八儿。

虽说是枣子同饭豆搁得多了一点，但大家都承认味道是比普通的粥要好吃得多了。

晚饭桌边，靠着他妈斜立着的八儿，肚子已成了一面小鼓了。如在热天，总免不了又要为他妈妈的手掌麻烦一番罢。在他身边桌上那两只筷子，很浪漫地摆成一个十字。桌上那大青花碗中的半碗陈腊肉，八儿的爹同妈也都奈何它不来了。

"妈，妈，你喊哈叭出去了罢! 讨厌死了，尽到别人脚下钻!"

若不是八儿脚下弃的腊肉皮骨格外多，哈叭也不会单同他来那么亲热罢。

"哈叭，我八儿要你出去，快滚吧……"接着是一块大骨头掷到地上，哈叭总算知事，衔着骨头到外面啃嚼去了。

"再不知趣，就赏它几脚!"八儿的爹，看那只哈叭摇着尾巴很规矩地出去后，对着八儿笑笑地说。

其实，"赏它几脚"的话，倘若真要八儿来执行，还不是空的？凭你八儿再用力重踢它几脚，让你八儿狠狠地用出吃奶力气，顽皮的哈叭，它不还是依然伏在桌下嚼它所愿嚼的东西吗？

因为"赏它几脚"的话，又使八儿的妈记起了许多他爹平素袒护狗的事。

"赏它几脚，你看到它欺负八儿，哪一次又舍得踢它？八宝精似的，养得它恣刺得怪不逗人欢喜，一吃饭就来桌子下头钻，赶出去还得丢一块骨头，其实都是你惯死了它!"

这显然是对八儿的爹有点揶揄了。

"真的，妈，它还抢过我的鸭子脑壳呢。"其实这也只能怪八儿那一次自己手松。然而八儿偏把这话来帮助他妈说哈叭的坏话。

"那我明天就把哈叭带到场上去，不再让它同你玩。"果真八儿的爹的宣言是真，那以后八儿就未免寂寞了。

然而八儿知道爹是不会把狗带到场上去的，故毫不气馁。

"让他带去，我宝宝一个人不会玩，难道必定要一个狗来陪吗？"以下的话风又转到了爹的身上，"牵了去也免得天天同八儿争东西吃！"

"你只恨哈叭，哈叭哪里及得到梁家的小黄呢？"

"要是小黄在我家里，我早就喊人来打死卖到汤锅铺子去了。"八儿的妈说来脸已红红的！

小黄是怎么一个样子，乃值得八儿的爹提出来同哈叭相较呢？那是上隔壁梁家一只守门狗，有的是见人就咬的一张狠口。梁家因了这只狗，许多熟人都不敢上门了。但八儿的妈，时常过梁家时，那狗却像很客气似的，低低吠两声就走了开去。八儿的妈，以为这已是互相认识的一种表示了，所以总不大如别人样对这狗防备。上月子，为八儿做满八岁的生日，八儿的妈上梁家去借碓舂粑粑，进门后，小黄突然一变往日态度，毫不认账似的，扑拢来大腿腱子肉上咬了一口就走了。这也只能怪她自己，头上顶了那个平素小黄不曾见她顶过的竹簸。落后是梁四屋里人为敷上了止血药，又为把米粉舂好了事。转身时，八儿的妈就一一为他爹说了，还说那畜生连天天见面的人也认不清，真的该拿来打死起！因此一来，八儿的爹就找出一句为自己心爱这只哈叭护短的话了。

譬如是哈叭顽皮到使八儿的妈生气时，八儿的爹就把"比梁家小黄就不如了！""那你喜欢小黄罢？""我这哈叭可惜不会咬人！"一类足以证明这只哈叭虽顽皮实天真驯善的话来解围，自然这一类解围的话中，还夹着点逗自己奶奶开心的意味。

本来那一次小黄给她的惊吓比痛苦还多，请想，两只手正扶着一个大簸簸，而那畜生闪不知扑拢来就在你腿子肉上啃一下，怎不使人气愤？要是八儿家哈叭竟顽皮到同小黄一样，恐怕八儿的爹，不再要奶奶提议，也早做成打狗的杨大爷一笔生意了。

八儿不着意地把头转到门帘子脚边去，两个白花耳朵同一双大眼睛又在门帘下脚掀开处出现了。哈叭像是心里怯怯的，只把一个头伸进房来看里面的风色，又像不好意思似的（尾巴也在摇摆）。

"混账……"很懂事样子经过八儿一声吆喝，哈叭那个大头就不见了。

然而八儿知道哈叭这时还在门帘外边徘徊。

往　事

这事说来又是十多年了。

算来我是六岁。因为第二次我见到长子四叔时，他那条有趣的辫子就不见了。

那是夏天秋天之间。我仿佛还没有上过学。妈因怕我到外面同瑞龙他们玩时又打架，或是乱吃东西，每天都要靠到她身边坐着，除了吃晚饭后洗完澡同大哥各人拿五个小钱到道门口去买士元的凉粉外，剩下便都不准出去了！至于为甚又能吃凉粉？那大概是妈知道士元凉粉是玫瑰糖，不至吃后生病吧。本来那时的时疫也真凶，听瑞龙妈说，杨老六一家四口人，从十五得病，不到三天便都死了！

我们是在堂屋背后那小天井内席子上坐着的。妈为我从一个小黑洋铁箱子内取出一束一束方块儿字来念，她便膝头上搁着一个麻篮绩麻。弄子里跑来的风又凉又软，很易引人瞌睡，当我倒在席子上时，妈总每每停了

— 9 —

她的工作，为我拿蒲扇来赶那些专爱停留在人脸上的饭蚊子。间或有个时候妈也会睡觉，必到大哥从学校夹着书包回来嚷肚子饿时才醒，那么，夜饭必定便又要晚一点了！

爹好像到乡下江家坪老屋去了好久了，有天忽然要四叔来接我们。接的意思四叔也不大清楚，大概也就是闻到城里时疫的事情吧。妈也不说什么，她知道大姐二姐都在乡里，我自然有她们料理。只嘱咐了四叔不准大哥到乡下溪里去洗澡。

因大哥前几天回来略晚，妈摸他小辫子还湿漉漉的，知他必是同几个同学到大河里洗过澡了，还重重地打了他一顿呢。四叔是一个长子，人又不大肥，但很精壮。妈常说这是会走路的人。铜仁到我凤凰是一百二十里蛮路，他能扛六十斤担子一早动身，不抹黑就到了，这怎么不算狠！他到了家时，便忙自去厨房烧水洗脚。那夜我们吃的夜饭菜是南瓜炒牛肉。

妈捡菜劝他时，他又选出无辣子的牛肉放到我碗里。真是好四叔呵！

那时人真小，我同大哥还是各人坐在一只箩筐里为四叔担去的！大哥虽大我五六岁，但在四叔肩上似乎并不什么不匀称。乡下隔城有四十多里，妈怕太阳把我们晒出病来，所以我们天刚一发白就动身，到行有一半的唐峒山时，太阳还才红红的。到了山顶，四叔把我们抱出来各人放了一泡尿，我们便都坐在一株大刺栎树下歇憩。那树的杈丫上搁了无数小石头，树左边又有一个石头堆成的小屋子。四叔为我们解说，小屋子是山神土地，为赶山打野猪人设的；树上石头是寄倦的：凡是走长路的人，只要放一个石头到树上，便不倦了。但大哥问他为甚不也放一个石子时，他却不作声。

他那条辫子细而长正同他身子一样。本来是挽放头上后再加上草帽的，不知是那辫子长了呢还是他太随意，总是动不动又掉下来，当我是在他背后那头时，辫子梢梢便时时在我头上晃。

"芸儿，莫闹！扯着我不好走！"

我伸出手扯着他辫子只是拽，他总是和和气气这样说。

"四满①，到了？"大哥很着急地这么问。

"快了，快了，快了！芸弟都不急，你怎么这样慌？你看我跑！"他略略把脚步放快一点，大哥便又嚷摇得头痛了。

他一路笑大哥不济。

到时，爹正同姨婆五叔四婶他们在院中土坪上各坐

---

① 乡人呼叔叔为满满。

在一条小凳上说话。姨婆有两年不见我了，抱了我亲了又亲。爹又问我们饿了不曾，其实我们到路上吃甜酒、米豆腐已吃胀了。上灯时，方见大姐二姐大姑满姑①各人手上提了一捆地萝卜进来。

我夜里便同大姐等到姨婆房里睡。

乡里有趣多了！既不怎么很热，夜里蚊子也很少。大姐到久一点，似乎各样事情都熟习，第二天一早便引我去羊栏边看睡着比猫还小的白羊，牛栏里正歪起颈项在吃奶的牛儿。

我们又到竹园中去看竹子。那时觉得竹子实在是一种很奇怪的东西。本来城里的竹子，通常大到屠桌边卖肉做钱筒的已算出奇了！但后园里那些南竹，大姐教我去试抱一下时，两手竟不能相掺。满姑又为偷偷地到园坎上摘了十多个桃子。接着我们便跑到大门外溪沟边上拾得一衣兜花蚌壳。

事事都感到新奇：譬如五叔喂的那十多只白鸭子，它们会一翅从塘坎上飞过溪沟。夜里四叔他们到溪里去照鱼时，却不用什么网，单拿个火把，拿把镰刀。姨婆喂有七八只野鸡，能飞上屋，也能上树，却不飞去；并且，只要你拿一捧包谷米在手，口中略略一逗，它们便

---

① 满姑乃最小之姑母。

争先恐后地到你身边来了。什么事情都有味。我们白天便跑到附近村子里去玩，晚上总是同坐在院中听姨婆学打野猪打獾子的故事。姨婆真好，我们上床时，她还每每为从大油坛里取出炒米、栗子同脆酥酥的豆子给我们吃！

后园坎上那桃子已透熟了，满姑一天总为我们去偷几次。

爹又不大出来，四叔五叔又从不说话，间或碰到姨婆见了时，也不过笑笑地说："小娥，你又忘记嚷肚子痛了！真不听讲——芸儿，莫听你满姑的话，吃多了要坏肚子！拿把我，不然晚上又吃不得鸡膊腿了！"

乡里去有场集的地方似乎并不很近，而小小村中除每五天逢一六赶场外通常都无肉卖。

因此，我们几乎天天吃鸡，唯我一人年小，鸡的大腿便时时归我。

我们最爱看又怕看的是溪南头那坝上小碾房的磨石同自动的水车，碾房是五叔在料理。

那圆圆的磨石，固定在一株木桩上只是转只是转。五叔像个卖灰的人，满身是糠皮，只是在旋转不息的磨石间拿扫把扫那跑出碾槽外的谷米。他似乎并不着一点忙，磨石走到他跟前时一跳又让过磨石了。我们为他着急又佩服他胆子大。水车也有味，是一些七长八短的竹篙子扎成的。它的用处就是在灌水到比溪身还高的田面。

大的有些比屋子还大，小的也还有一床晒簟大小。它们接接连连竖立在大路近旁，为溪沟里急水冲着快快地转动，有些还咿哩咿哩发出怪难听的喊声，由车旁竹筒中运水倒到悬空的枧①上去。它的怕人就是筒子里水间或溢出枧外时，那水便砰的倒到路上了，你稍不措意，衣服便打得透湿。我们远远地立着看行路人抱着头冲过去时那样子好笑。满姑虽只大我四岁，但看惯了，她却敢在下面走来走去。大姐同大姑，则知道那个车子溢出后便是那一个接脚，不消说是不怕水淋了！

只我同大哥二姐，却无论如何不敢去尝试。

---

① 剜木以引水之物。

玫瑰与九妹

大哥从学堂归来时，手上拿了一大束有刺的青绿树枝。

"妈，我从萧家讨得玫瑰花来了。"

大哥高兴的神气，像捡得"八宝精"似的。

"不知大哥到哪个地方找得这些刺条子来，却还来扯谎妈是玫瑰花，"九妹说，"妈，你莫要信他话!"

"你不信不要紧。到明年子四月间开出各种花时，我可不准你戴，……还有好吃的玫瑰糖。"大哥见九妹不相信，故意这样逗她。说到玫瑰花时，又把手上那一束青绿刺条子举了一举，——像大朵大朵的绯红玫瑰花已满缀在枝上，而立即就可以摘下来做玫瑰糖似的!

"谁稀罕你的，我顾自不会跑到三姨家去摘吗？妈，是罢?"

"是! 我宝宝不有几多，会稀罕他的?"

妈虽说是顺到九妹的话，但这原是她要大哥到萧家讨的，是以又要我去帮大哥的忙："芸儿去帮大哥的忙，把那蓝花六角形钵子的鸡冠花拔出不要了，就用那四个钵子分栽。剩下的把插到花坛海棠边去。"

大哥在九妹脸上轻轻地刮了一下，就走到院中去了。娇纵的小九妹气得两脚乱跳，非要走出去报复一下不可。但给妈扯住了。

"乖崽，让他一次就是了！我们夜里煮鸽子蛋吃，莫分他……那你打妈一下好吧。"

"妈讨厌！专卫护大哥！他有理无理打了人家一个耳巴子，难道就算了？"

妈把九妹正在眼睛角边干擦的小手放到自己脸上拍了几下，九妹又笑了。

大哥这一刮，自然是为的报复九妹多嘴的仇。

满院坝散着红墨色土砂，有些细小的红色曲蟮四处乱爬着。几只小鸡在那里用脚乱扒，赶了去又复拢来。大哥卷起两只衣袖筒，拿了外祖母剪麻绳那把方头大剪刀，把玫瑰枝条一律剪成一尺多长短。又把剪处各粘上一片糯泥巴，说是免得走气。

"老二，这一些是三种（大哥用手指点），这是红的，这是水红，这是大红，那种是白的。是栽成各自一钵好呢，还是混合起栽好——你说？"

"打伙栽好玩点。开花时也必定更热闹有趣……大哥，怎么又不将那种黄色镶边的弄来呢？"

"那种难活，萧子敬说不容易插，到分株时答应分给我两钵……好，依你办，打伙儿栽好玩点。"

我们把钵子底各放了一片小瓦，才将新泥放下。大哥扶着枝条，待我把泥土堆到与钵口齐平时，大哥才敢松手，又用手筑实一下，洒了点水，然后放到花架子上去。

每钵的枝条均约有十根，花坛上，却只插了三根。

就中最关心花发育的自然要数大哥了。他时时去看视，间或又背到妈偷悄儿拔出钵中小的枝条来验看是否生了根须。

妈也能记到每日早上拿着那把白铁喷壶去洒水。当小小的翠绿叶片从枝条上嫩杈丫间长出时，大家都觉得极高兴。

"妈，妈，玫瑰有许多苞了！有个大点的尖尖上已红。往天我们总不去注意过它，还以为今年不会开花呢。"

六弟发狂似的高兴，跑到妈床边来说。九妹还刚睡醒，正搂着妈手臂说笑，听见了，忙要挣着起来，催妈帮她穿衣。

她连袜子也不及穿，披着那一头黄发，便同六弟站在那蓝花钵子边旁数花苞了。

"妈，第一个钵子有七个，第二个钵子有二十几个，第三个钵子有十七个，第四个钵子有三个；六哥说第四个是不大向阳，但它叶子却又分外多分外绿。花坛上六哥不准我爬上去，他说有十几个。"

当妈为九妹在窗下梳理头上那一脑壳黄头发时，九妹便把刚才同六弟所数的花苞数目告妈。

没有作声的妈，大概又想到去年秋天栽花的大哥身上去了。

当第一朵水红的玫瑰在第二个钵子上开放时，九妹记着妈的教训，连洗衣的张嫂进屋时见到刚要想用手去抚摩一下，也为她"嗨！不准抓呀！张嫂"忙制止着了。以后花越开越多，九妹同六弟两人每早上都各争先起床跑到花钵边去数夜来新开的花朵有多少。九妹还时常一人站立在花钵边对着那深红浅红的花朵微笑，像花也正觑着她微笑的样子。

花坛上大概是土多一点罢。虽只三四个枝条，开的花却不次于钵头中的。并且花也似乎更大一点。不久，接近檐下那一钵子也开得满身满体了。而新的苞还是继续从各枝条嫩芽中苗壮。

屋里似乎比往年热闹一点。

凡到我家来玩的人，都说这花各种颜色开在一个钵子内，真是错杂的好看。同大姐同学的一些女学生到我家来看花时，也都夸奖这花有趣。三姨并且说，比她花园里的开得茂盛得远。

　　妈因为爱惜，从不忍摘一朵下来给人，因此，谢落了的，不久便都各于它的蒂上长了一个小绿果子。妈又要我写信去告在长沙读书的大哥，信封里九妹附上了十多片谢落下的玫瑰花瓣。

　　那年的玫瑰糖呢，还是九妹到三姨家里摘了一大篮单瓣玫瑰做的。

边　城 （节选）

　　由四川过湖南去，靠东有一条官路。这官路将近湘西边境到了一个地方名为"茶峒"的小山城时，有一小溪，溪边有座白色小塔，塔下住了一户单独的人家。这人家只一个老人，一个女孩子，一只黄狗。

　　小溪流下去，绕山岨流，约三里便汇入茶峒的大河。人若过溪越小山走去，则只一里路就到了茶峒城边。溪流如弓背，山路如弓弦，故远近有了小小差异。小溪宽约二十丈，河床为大片石头作成。静静的水即或深到一篙不能落底，却依然清澈透明，河中游鱼来去皆可以计数。小溪既为川湘来往孔道，水常有涨落，限于财力不能搭桥，就安排了一只方头渡船。这渡船一次连人带马，约可以载二十位搭客过河，人数多时则反复来去。渡船头竖了一支小小竹竿，挂着一个可以活动的铁环，溪岸两端水槽牵了一段废缆，有人过渡时，把铁环挂在废缆上，船上人就引手攀缘那条缆索，慢慢地牵船

过对岸去。船将拢岸了，管理这渡船的，一面口中嚷着"慢点慢点"，自己霍地跃上了岸，拉着铁环，于是人货牛马全上了岸，翻过小山不见了。渡头为公家所有，故过渡人不必出钱。有人心中不安，抓了一把钱掷到船板上时，管渡船的必为一一拾起，依然塞到那人手心里去，俨然吵嘴时的认真神气："我有了口粮，三斗米，七百钱，够了。谁要这个！"

但不成，凡事求个心安理得，出气力不受酬谁好意思，不管如何还是有人把钱的。管船人却情不过，也为了心安起见，便把这些钱托人到茶峒去买茶叶和草烟，将茶峒出产的上等草烟，一扎一扎挂在自己腰带边，过渡的谁需要这东西必慷慨奉赠。有时从神气上估计那远路人对于身边草烟引起了相当的注意时，便把一小束草烟扎到那人包袱上去，一面说，"不吸这个吗，这好的，这妙的，味道蛮好，送人也合适！"茶叶则在六月里放进大缸里去，用开水泡好，给过路人解渴。

管理这渡船的，就是住在塔下的那个老人。活了七十年，从二十岁起便守在这小溪边，五十年来不知把船来去渡了多少人。年纪虽那么老了。本来应当休息了，但天不许他休息，他仿佛便不能够同这一分生活离开。他从不思索自己的职务对于本人的意义，只是静静地很忠实地在那里活下去。代替了天，使他在日头升起时，

— 22 —

感到生活的力量，当日头落下时，又不至于思量与日头同时死去的，是那个伴在他身旁的女孩子。他唯一的朋友为一只渡船与一只黄狗，唯一的亲人便只那个女孩子。

女孩子的母亲，老船夫的独生女，十五年前同一个茶峒军人，很秘密地背着那忠厚爸爸发生了暧昧关系。有了小孩子后，这屯戍军士便想约了她一同向下游逃去。但从逃走的行为上看来，一个违背了军人的责任，一个却必得离开孤独的父亲。经过一番考虑后，军人见她无远走勇气，自己也不便毁去做军人的名誉，就心想：一同去生既无法聚首，一同去死当无人可以阻拦，首先服了毒。女的却关心腹中的一块肉，不忍心，拿不出主张。事情业已为做渡船夫的父亲知道，父亲却不加上一个有分量的字眼儿，只作为并不听到过这事情一样，仍然把日子很平静地过下去。女儿一面怀了羞惭一面却怀了怜悯，仍守在父亲身边，待到腹中小孩生下后，却到溪边吃了许多冷水死去了。在一种近于奇迹中，这遗孤居然已长大成人，一转眼间便十三岁了。为了住处两山多篁竹，翠色逼人而来，老船夫随便为这可怜的孤雏拾取了一个近身的名字，叫作"翠翠"。

翠翠在风日里长养着，把皮肤变得黑黑的，触目为青山绿水，一对眸子清明如水晶。自然既长养她且教育

— 23 —

她，为人天真活泼，处处俨然如一只小兽物。人又那么乖，如山头黄麂一样，从不想到残忍事情，从不发愁，从不动气。平时在渡船上遇陌生人对她有所注意时，便把光光的眼睛瞅着那陌生人，作成随时皆可举步逃入深山的神气，但明白了人无机心后，就又从从容容地在水边玩耍了。

老船夫不论晴雨，必守在船头。有人过渡时，便略弯着腰，两手缘引了竹缆，把船横渡过小溪。有时疲倦了，躺在临溪大石上睡着了，人在隔岸招手喊过渡，翠翠不让祖父起身，就跳下船去，很敏捷地替祖父把路人渡过溪，一切皆溜刷在行，从不误事。有时又和祖父黄狗一同在船上，过渡时和祖父一同动手，船将近岸边，祖父正向客人招呼"慢点，慢点"时，那只黄狗便口衔绳子，最先一跃而上，且俨然懂得如何方为尽职似的，把船绳紧衔着拖船拢岸。

风日清和的天气，无人过渡，镇日长闲，祖父同翠翠便坐在门前大岩石上晒太阳。或把一段木头从高处向水中抛去，嗾使身边黄狗自岩石高处跃下，把木头衔回来。或翠翠与黄狗皆张着耳朵，听祖父说些城中多年以前的战争故事。或祖父同翠翠两人，各把小竹做成的竖笛，逗在嘴边吹着迎亲送女的曲子。过渡人来了，老船夫放下了竹管，独自跟到船边去，横溪渡人，在岩上的一个，见船开动时，于是锐声喊着：

"爷爷，爷爷，你听我吹，你唱！"

爷爷到溪中央便很快乐地唱起来，哑哑的声音同竹管声振荡在寂静空气里，溪中仿佛也热闹了一些。（实则歌声的来复，反而使一切更寂静一些了。）

有时过渡的是从川东过茶峒的小牛，是羊群，是新娘子的花轿，翠翠必争看作渡船夫，站在船头，懒懒地攀引缆索，让船缓缓地过去。牛羊花轿上岸后，翠翠必跟着走，站到小山头，目送这些东西走去很远了，方回转船上，把船牵靠近家的岸边。且独自低低地学小羊叫着，学母牛叫着，或采一把野花缚在头上，独自装扮新娘子。

茶峒山城只隔渡头一里路，买油买盐时，逢年过节祖父得喝一杯酒时，祖父不上城，黄狗就伴同翠翠入城里去备办东西。到了卖杂货的铺子里，有大把的粉条，大缸的白糖，有炮仗，有红蜡烛，莫不给翠翠很深的印象，回到祖父身边，总把这些东西说个半天。那里河边还有许多上行船，百十船夫忙着起卸百货。这种船只比起渡船来全大得多，有趣味得多，翠翠也不容易忘记。

......

雪

在叔远的乡下，你同叔远同叔远母亲的一件故事。

天气变到出人的意外。晚上同叔远分别时，还约到明早同到去看栎树林里捕野狸机关，就是应用的草鞋，同到安有短矛子的打狗玀子的军器，也全是在先夜里就预备整齐了。把身子钻到新的山花絮里呼呼地睡去。人还梦到狸子兔子对我作揖，心情非常的愉快。因为是最新习惯，头是为棉被蒙着，不知道天亮已多久，待到为一个人摇着醒来时，掀开被看，已经满房光辉了。

叔远就站在我面前笑。

他又为我把帐子挂好，坐到床边来。

"还不醒！"

"我装的。"

"装的？"

"那只怪你这被太暖和。因为到这里来同到一茂睡，常常得防备他那半夜三更猛不知一脚。又要为他照料到被，免得他着凉，总没有比昨晚的好过。所以第一次一人来此舒服地方睡觉，就自然而然忘记醒转了。"

"我娘还恐怕你晚上会冷，床头上还留有一毯子，你瞧那不是吗？"

"那我睡以后，你还来到这里了！"

"来了你已经打鼾，娘不让我来吵你，我把毯子搭在你脚上，随即也就去睡了。"

因为是纸窗，我还不知道外面情形，以为是有了大黄太阳，时候太晏了，看狸子去不成了，就懊丧我醒来的太晚，又怪叔远不早催我醒。

"怎么，落雪多久了！我刚从老屋过来，院中的雪总有五六寸，瓦上全成了白颜色，你还不知吗？"

"落雪？"

"给你打开窗子看，"叔远就到窗边去，把两扇窗子打开，"还在大落特落呢，会要有一尺，真有趣极了。"

叔远以为我怕冷，旋即又把窗关上。我说不，落了雪，天气倒并不很冷。于是就尽它开着。

雪是落得怪热闹，像一些大小不等的蝶蛾在飞，并且打着旋。

房中矮脚火盆中的炭火炽爆着火星，叔远在那盆边勾下身子用火箸尽搅。

"我想我得起来了。"

"不，早得很。今天我们的机关必全已埋葬在雪里，不中用，不去看了。呆会儿，我们到外踏雪去。"

我望到床边倚着那两支军器，就好笑。我还满以为在今天早上拿这武器就可到叔远的枥林里去击打那为机关踝藕腿的野物！

我就问叔远："下了雪不成，那我们见到玛加尔先生他捕狐不就正是在雪中么？"

"那是书上的事情，并且是俄国。我的天，你为了想捉一匹狸子，也许昨天晚上就曾做过那个可怜玛加尔捉狐的梦了！"

听到叔远的话我有些忸怩起来。我还不曾见过活的狸子在木下挣扎情形。只是从那本书上，我的确明明白白梦过多次狐狸亮亮的眼睛在林中闪烁的模样了。

叔远在炭盆的热灰里煨了一大捧栗子，我说得先漱漱口，再吃这东西。

"真是城里人呵。"

叔远是因为我习惯洗脸以后才吃东西揶揄我，正像许多地方我用"真是乡下人"的话取笑他一样。因为不让我起床，就不起来了。叔远把煨熟的栗子全放在一个竹筒子内送到床上来，我便靠在枕上抓剥栗子吃。叔远仍然坐床枋。

"我告你，乡巴佬有些地方也很好受用的，若不是我娘说今天要为你炒鹌鹑吃，在这时节我们还可以拿猪肠到火上来烤吃呢。"

"那以后我简直无从再能取笑乡下人了。这里太享福。"

"你能住到春天那才真叫好玩！我们可以随同长年到田里去耕田，吃酸菜冷饭。（就拾野柴烤雀儿吃也比你城里的有趣。）我们钓鱼一得总就是七斤八斤，你莫看不起我们那小溪，我的水碾子前那坝上的鱼，一条有到三斤的，不信吧。"

我说："就是冬天也还好得多，比城里，比学校，那简直是不消说了。"

"不过我不明白我的哥总偏爱住城里。娘说这有多半是嫂嫂的趣味，我以为我哥倒比嫂嫂还挂念城里。"

关于叔远的哥的趣味，我是比叔远还不明白，我不说了。

我让我自己来解释我对于城乡两者趣味的理由。先前我怕来此处。总以为，差不多是每天都得同到几个朋友上那面馆去喝一肚子白酒，回头又来到营里打十轮庄的扑克的我，一到了乡下，纵能勉强住下也会生病！并且这里去我安身地方是有四百来里路，在此十冬腊月天气，还得用棕衣来裹脚走那五六天的道，还有告假离营又至多不会过两月，真像不很合算似的！然而经不得叔远两兄弟拖扯，又为叔远把那乡间许多合我意的好处来鼓动我心，于是我就到这个地方来了。到了这乡下以后，我把一个乡间的美整个地唷住，凡事都能使我在一种陌生情形下惊异。我且能够细细去体会这在我平素想不到的合我兴味的事事物物，从一种朴素的组织中我发现这朴素的美。我才觉得我是虽从乡下生长但已离开的时间太久，我所有的乡下印象，已早融化到那都市印象上面了。到这来了又得叔远两弟兄的妈把我当作一个从远处归来的儿子看待，从一种富厚慈善的乡下老太太心中出来的母性体贴，只使我自己俨然是可以到此就得永久住下去的趋势。我想我这个冬天，真过一个好运的年了。

叔远见我正在想什么，又自笑，就问我笑的缘故是什么。

"我想我今年过了一个顶舒服的年，到这来，得你娘把我待得运样好，运气太好就笑了。"

"娘还怕你因为一茂进城会感到寂寞，所以又偷偷教我告我大哥，一到十几就派人把一茂送来的。"

一茂是叔远大哥的儿子。一个九岁的可爱结实的孩子。聪明到使人只想在他脸上轻轻地拧掐。因为叔远大哥是在离此四十五里的县城里住，所以留下他来陪我玩。在一茂进城以前，我便是同一茂一床睡。日里一茂、叔远同我三人便像野猫各处跑。一茂照例住乡不久又得进城去跟他的妈同爹住一阵，所以昨天就为人接进城了。如今听到叔远说是他娘还搭信要一茂早点来，我想因为我来此，把人母子分开，就非常不安。

我说："再请为我写一信到你大哥处去，让一茂在城里久玩玩，莫让嫂嫂埋怨你大哥，说是老远一个客来分开他们母子！"

叔远就笑着摇头，说是那不成。一茂因为你来就不愿进城。你还得趁今年为他学完《聊斋》！

我想就因了一茂这乖孩子，我心中纵有不安，也得在这个乡里多待一月了。

一竹筒栗子，我们不知不觉就已吃完了。望到窗边雪还是不止。叔远恐怕我起床时冷，又为加上两段炭。

栗子吃完我当然得起身了，爬起来抓取我那棉袄子。

"那不成。"叔远回头就把我挂在床架上的衣取到远处去，"时候早得很，你不听听不是还不曾有人打梆子卖糕声音吗？卖糕的不来，我不准你起来。炭才加上，让它燃好再起身。"

"我们可以到外面去玩。"望到雪，我委实慌了。

"那时间多着。让我再拿一点家伙来吃吃。我就来，你不准起身，不然我不答应。"

叔远于是就走出去了。耳朵听到他的脚步踏在雪里沙沙的声音渐远去了。我先是照着他嘱咐，就侧面睡下，望到那窗外雪片的飘扬。等一会，叔远还不来。雪是像落得更大。听到比邻人家妇人开门对雪惊诧的声音，又听到屋后树枝积雪卸下的声音，又听到远远的鸡叫，要我这样老老实实地安睡享棉被中福，是办不到的事了。

火盆中新加的白炭，为其他的炽炭所炙着，剥剥爆着响，像是在催我，我决定要起床了。

然而听到远远院子的那端，有着板鞋踏雪的声音，益近到我住的这房子，恐怕叔远抖那小脾气，就仍然规规矩矩平睡到床上。声音在帘外停止了。过了一会不作声，只听到为寒气侵袭略重的呼吸。

牛

有这样事情发生，就是桑溪荡里住，绰号大牛伯的那个人，前一天居然在荞麦田里，同他的耕牛为一点小事生气，用木榔槌打了那耕牛后脚一下。这耕牛在平时仿佛是他那儿子一样，纵是骂，也如骂亲生儿女，在骂中还不少爱抚的。

但是脾气一来不能节制自己，随意敲了一下，不平常的事因此就发生了。当时这主人还不觉得，第二天，再想放牛去耕那块工作未完事的荞麦田，牛不能像平时很大方地那么走出栏外了。牛后脚有了毛病，就因为昨天大牛伯主人那么不知轻重在气头下一榔槌的结果。

大牛伯见牛不济事，有点手脚不灵便了，牵了牛系在大坪里的木桩上，蹲到牛身下去，扳了那牛脚看。他这样很温和地检查那小牛，那牛仿佛也明白了大牛伯心中已认了错，记起过去两人的感情了，就回头望到主人，眼中凝了泪，非常可怜地似乎想同大牛伯说一句有

— 33 —

主奴体裁的话，这话意思是，"大爹，我不怨你，平素你待我很好，你打了我把我脚打坏，是昨天的事，如今我们讲和了。我只一点儿不方便，过两天就会好的。"

可是到这意思为大牛伯看出时，他很狡猾地用着习惯的表情，闭了一下左眼。

他不再摩抚那只牛脚了。他站起来在牛的后臀上打了一拳，拍拍手说，"坏东西，我明白你。你会撒娇，好聪明！从什么地方学来的，打一下就装走不动路？

你必定是听过什么故事，以为这样当家人就可怜你了，好聪明！我看你眼睛，就知道你越长心越坏了。平时干活就不肯好好地干，吃东西也不肯随便，这脾气是我都没有的脾气！"

主人说过很多聪明的话语后，就走到牛头前去，当面对牛，用手指戳那牛额头，"你不好好地听我管教，我还要打你这里一下，在右边。这里，左边也得打一下。我们村小孩不上学，老师有这规矩，打了手心，还要向孔夫子拜，向老师拜，不许哭。你要哭吗？坏东西呀！你不知道这几天天气正好吗？你不明白五天前天上落的雨是为天上可怜我们，知道我们应当种荞麦了，为我们润湿土地好省你的气力吗？……"

大牛伯一面教训他的牛，一面看天气。天气实在太好了，就仍然扛了翻犁，牵了那被教训过一顿据说是撒娇偷懒的牛，到田中去做事。牛虽然有意同他主人讲和，当家也似乎看清楚了这一点，但实在是因为天气太好，不做事可不行，所以到后那牛就仍然瘸着在平田中拖犁，翻着那为雨润湿的土地了。大牛伯虽然是像管教小学生那么管束到他那小牛，仍然在它背上加了犁的轭，但是人在后面，看到牛一瘸一拐地一句话不说地向前奔时，心中到底不能节制自己的悲悯，觉得自己做事有点任性，不该那么一下了。他也像做父亲的所有心情，做错了事表面不服输，但心中究竟过意不去，于是比平时更多用了一些力，与牛合作，让大的汗水从太阳角流到脸上，也比平时少骂那牛许多——在平时，这牛是常常因为觑望了别处风景或过路人，转身稍迟，大牛伯就创作出无数稀奇古怪的字眼来辱骂过它的。天下事照例是这样，要求人了解，再没有比"沉默"这一件事更为合适了。

有些人总以为天生了人的口，就是为说话用，有心事，说话给人听，人就了解了。

其实如果口是为说话才用得着，那么大牛小鸟全有口，大的口已经有那么大，说"大话"也够了，为什么又不去做官，又不去演讲呢？并且说"小话"，小鸟也永远赶不上人。这些事在牛伯的见解下是不会错的。

在沉默中他们才能互相了解，这是一定的，如今的大牛伯同他的小牛，友谊就建立在这无言中。这时那牛一句话不说，也不呻唤，也不嚷痛，也不说"请大爹赏一点药或补几个药钱"（如果是人，他必定有这样正当的于自己有利益的要求的）。这牛并且还不说"我要报仇，非报仇不可"那样恐吓主人的话语，就是态度也缺少这种切齿的不平。它只是仍然照老规矩做事，十分忠实地用力拖犁，使土块翻起。它嗅着新土的清香气息。它的努力在另一些方法上使主人感到了。

它喘着气，因为脚跟痛苦走时没有平时灵便。但它一个字不说，它"喘气"却完全不"叹气"。到后大牛伯的心完全软了。他懂得它的一切，了解它，不必靠那只供聪明人装饰自己的言语。

不过大牛伯心一软，话也说不出了。他如说，"朋友，是我的错。"也许那牛还疑心这是谎话，这谎话一则是想用言语把过错除去，一则是谎它再发狠做事。

人与人是常常有这样事情的，并不止牛可以这样多疑。他若说，"已经打过了，也无办法，我是主人，虽然是我的任性，也多半是你的服务不十分尽力，我们如今两抵，以后好好生活吧。"这样说，牛若听得懂他的话，牛也是不甘心的。

因为它是常常自信已尽过了所能尽的力，一点不敢怠惰，至于报酬，又并不争论，主人假若是有人心，自己就不至于挨一榔槌的。并且用家伙殴打，用言语抚慰，这样的事别的不能证明，只恰恰证明了人类做老爷主子的不老实罢了。

他们会说话，用言语装饰自己的道德仁慈，又用言语作惠，虽惠不费。如今的牛是正因为主人一句话不说，不引咎自责，不辩解，也不假托这事是吃醉了酒以后发生的不幸，明白了主人心情的。有些人是常常用"醉酒"这样字言做过一切岂有此理坏事的。他只是一句话不说，仍然同牛在田中来回地走，仍然嘘嘘地督促到它转弯，仍然用鞭打牛背。但他昨天所做的事使他羞惭，特别地用力推犁，又特别表示在他那照例的鞭子上。他不说这罪过是谁想明白这责任，他只是处处看出了它的痛苦，而同时又看到天气。

"我本来愿意让你休息，全是因为下半年的生活才不能不做事。"这种情形他不说话也被他的牛看出了的。但他们真的已讲和了。

犁了一块田，他同那牛停顿在一个地方，释了牛背上的轭，他才说话。

他说，"我这人老了，人老了就要做蠢事。我想你玩半天，养息一会，就会好的，你说是不是？"小牛无意见可说，望着天空，头上正有一只喜鹊飞过去。

他就让牛在有水草的沟边去玩，吃草饮水，自己坐到犁上想事情。他的的确确是打量他的牛明天就会全好了的。他还没有把荞麦下田，就计算到新荞麦上市的价钱。他又计算到别的一些事情，这些事情说起来全都近于很平常的。他打火镰吸烟，边吸烟边看天。天蓝得怕人，高深无底，白云散布四方，白日炙人，背上如春天。这时是九月，去真的春天不远。

那只牛，在水边站了一会，水很清冷，草是枯草，它脚有苦痛，这忠厚动物工作疲倦了，它到后躺在斜坡下坪中睡了。它被太阳晒着，非常舒服地做了梦。

梦到大爹穿新衣，它自己则角上缠红布，两个大步地从迎春的寨里走出，预备回家。这是一只牛所能做的最光荣的好梦，因为这梦，不消说它就把一切过去的事全忘了，把脚上的痛处也忘了。

正午，山上寨子有鸡叫了，大牛伯牵他的牛回家。

回家时，它看到它主人似乎很忧愁，明白是它走路的跛足所致。它曾小心地守着老规矩好好走路，它希望它的脚快好，就是让凶恶不讲道理的兽医揉搓一阵也很愿意。

他呢，的确是有点忧愁了，就因为那牛休息时，侧身睡到草坪里，他看到它那一只被木榔槌所敲打过的腿时时抽缩着，似乎不是一天两日自然会好的事，又看到同那牛合作所犁过的田，新翻起的土壤如开花，于是为一种不敢去猜想的未来事吓呆了，"万一……?"

那么，荞麦价不与自己相干了，一切皆将不与自己相干了。

散 文

市　集

　　廉纤的毛毛细雨，在天气还没有大变以前欲雪未能的时节，还是霏霏微微落将不来。一个小小乡场，位置在又高又大陡斜的山脚下，前面濒着胀胀儿的河，被如烟如雾雨丝织成的帘幕，一起把它蒙罩着了。

　　照例的三八市集，还是照例的有好多好多乡下人，小田主，买鸡到城里去卖的小贩子，花幞头大耳环丰姿隽逸的苗姑娘，以及一些穿灰色号褂子口上说是来察场讨人烦腻的副爷们，与穿高筒子老牛皮靴的团总，各从附近的乡村来做买卖。他们的草鞋底半路上带了无数黄泥浆到集上来，又从场上大坪坝内带了不少的灰色浊泥归去。去去来来，人也数不清多少。

　　集上的骚动，吵吵闹闹，凡是到过南方（湖湘以西）乡下的人，是都会知道的。

　　倘若你是由远远的另一处地方听着，那种喧嚣的起伏，你会疑心到是滩水流动的声音了！

这种洪壮的潮声，还只是一般做生意人在讨论价钱时很和平的每个论调而起。就中虽也有遇到卖牛的场上几个人像唱戏黑花脸出台时那么大喊大嚷找经纪人，也有因秤上不公允而起口角——你骂我一句娘，我又骂你一句娘，你又骂我一句娘……然而究竟还是因为人太多，一两桩事，实在是万万不能做到的！

卖猪的场上，他们把小猪崽的耳朵提起来给买主看时，那种尖锐的嘶喊声，使人听来不愉快至于牙齿根也发酸。

卖羊的场上，许多美丽驯服的小羊儿咩咩地喊着。一些不大守规矩的大羊，无聊似的，两个把前蹄举起来，作势用前额相碰。大概相碰是可以驱逐无聊的，所以第一次匐的碰后，却又作势立起来为第二次预备。牛场却单独占据在场左边一个大坪坝，因为牛的生意在这里占了全部交易四分之一以上。那里四面搭起无数小茅棚（棚内卖酒卖面），为一些成交后的田主们喝茶喝酒的地方。那里有大锅大锅煮得"稀糊之烂"的牛脏类下酒物，有大锅大锅香喷喷的肥狗肉，有从总兵营一带担来卖的高粱烧酒；也还有城里馆子特意来卖面的。假若你是城里人来这里卖面，他们因为想吃香酱油的缘故，都会来你馆子，那么，你生意便比其他铺子要更热闹了。

到城里时，我们所见到的东西，不过小摊子上每样有一点罢了！这里可就大不相同。单单是卖鸡蛋的地方，一排一排地摆列着，满箩满筐地装着，你数过去，总是几十担。辣子呢，都是一屋一屋搁着。此外干了的黄色草烟，用为染坊染布的五倍子和栎木皮，还未榨出油来的桐茶子，米场白镑白镑了的米，屠桌上大只大只失了脑袋刮得净白的肥猪，大腿大腿红腻腻还在跳动的牛肉……都多得怕人。

不大宽的河下，满泊着载人载物的灰色黄色小艇，一排排挤挤挨挨地相互靠着也难于数清。

集中是没有什么系统制度。虽然在先前开场时，总也有几个地方上的乡约伯伯，团总，守汛的把总老爷，口头立了一个规约，卖物的照着生意大小缴纳千分之几——或至万分之几，但也有百分之几——的场捐，或经纪佣钱，棚捐，不过，假若你这生意并不大，又不需经纪人，则不须受场上的拘束，可以自由贸易了。

到这天，做经纪的真不容易！脚底下笼着他那双厚底高筒的老牛皮靴子（米场的），为这个爬斗；为那个倒箩筐。（牛羊场的）一面为这个那个拉拢生意，身上让卖主拉一把，又让买主拉一把；一面又要顾全到别的地方因争持时闹出岔子的调排，委实不是好玩的事啊！大概他们声音都略略嚷得有点嘶哑，虽然时时为别人扯到馆子里去润喉。不过，他今天的收入，也就很可以酬他的劳苦了。

因为阴雨，又因为做生意的人各都是在另一个村子里住家，有些还得在散场后走到二三十里路的别个乡村去；有些专靠漂场生意讨吃的还待赶到明天那个场上的生意，所以散场很早。

不到晚炊起时，场上大坪坝似乎又觉得宽大空阔起来了！……再过些时候，除了屠桌下几只大狗在啃嚼残余因分配不平均在那里不顾命地奋斗外，便只有由河下送来的几声清脆篙声了。

归去的人们，也间或有骑着家中打筛的雌马，马项颈下挂着一串小铜铃叮叮当当跑着的，但这是少数；大多数还是赖着两只脚在泥浆里翻来翻去。他们总笑嘻嘻地担着箩筐或背一个大竹背笼，满装上青菜，萝卜，牛肺，牛肝，牛肉，盐，豆腐，猪肠子一类东西。手上提的小竹筒不消说是酒与油。有的拿草绳套着小猪小羊的颈项牵起忙跑；有的肩膀上挂了一个毛蓝布绣有白四季花或"福"字"万"字的褡裢，赶着他新买的牛（褡裢内当然已空）；有的却是口袋满装着钱心中满装着欢喜——这之间各样人都有。

我们还有机会可以见到许多令人妒羡，赞美，惊奇，又美丽，又娟媚，又天真的青年老奶（苗小组）和阿女牙（苗妇人）。

水　车

　　"我是个水车，我是个水车"，它自己也知道是一个水车，常自言自语这样说着。它虽然有脚，却不曾自己走路，然而一个人把它推到街上去玩，倒是隔时不隔日的事。清清的早晨，不问晴雨，住在甜水井旁的宋四疤子，就把它推起到大街小巷去串门！它与在马路上低头走路那些小煤黑子推的车身份似乎有些两样，就是它走路时，像一个遇事乐观的人似的，口中总是不断地哼哼唧唧，唱些足以自赏的歌。

　　"那个煤车也快活，虽不会唱，颈脖下有那么一串能发出好听的声音的铃铛，倒足示骄于同伴！……我若也有那么一串，把来挂在颈脖下，似乎数目是四个或五个就够了，那又不！……"

　　它有时还对煤车那铃铛生了点羡慕。然而它知道自己是不应当颈脖上有铃铛的，所以它不像一般不安分的人，遇到失望就抑郁无聊，打不起精神。铃子虽然可爱，爱而不得时，仍不能妨碍自己的歌唱！

"因失望而悲哀的是傻子。"它常想。

"我的歌，终日不会感到疲倦，只要四疤子肯推我。"它还那么自己宣言。

虽说是不息的唱，可是兴致也好像有个分寸。到天色黑下来，四疤子把力气用完了，慢慢地送它回家去休息时，看到大街头那些柱子上，檐口边，挂得些红绿圆泡泡，又不见有人吹它燃它，忽然又明，忽然又熄。

"啊啊，灯盏是这么奇异！是从天上摘来的星子同月亮……"为研究这些事情堕入玄境中，因此歌声也轻微许多了。

若是早上，那它顶高兴：一则空气早上特别好，二则早上不怕什么。关于怕的事，它说得很清楚——"除了早上，我都时时刻刻防备那街上会自己走动的大匣子。大概是因为比我多了三只脚吧，走路又不快！一点不懂人情世故，只是飞跑，走的还是马路中间最好那一段。老远老远，就喝喝子喊起来了！你让得只要稍稍慢一点，它就冲过来撞你一拐子。撞拐子还算好事。有许多时候，我还见它把别个撞倒后就毫不客气地从别个身上踩过去呢。

"幸好四疤子还能干，总能在那匣子还离我身前很远时，就推我在墙脚前歪过一边去歇气。不过有一次也就够担惊了！是上月子吧，四疤子因贪路近，回家是从辟才胡同进口，刚要进机织卫时，四疤子正和着我唱《哭长城》，猛不知从西头跑来一个绿色大匣子，先又一个不做声，到近身才咯的一下，若非四疤子把我用劲扳了下，身子会被那凶恶东西压碎了！

"那东西从我身边挨过去时，我们中间相距不过一尺远，我同四疤子都被它吓了一跳，四疤子说它是'混账东西'，真的，真是一个混账东西！那么不讲礼，横行霸道，世界上哪里有？"

早上，匣子少了许多，所以水车要少担点心，歌也要唱得有劲点。

那次受惊的事，虽说使它不宁，但因此它得了一种新知识。以先，它以为那匣子既如此漂亮，到街上跑时，又那么昂昂藏藏，一个二个雄帮帮的，必是也能像狗与文人那么自由不拘在马路上无事跑趟子，自己会走路，会向后转，转弯也很灵便的活东西，是以虽对于那凶恶神气有点愤恨，然权威的力量，也倒使它十分企慕。当一个匣子跑过身时，总喷喷羡不绝口——

"好脚色，走得那么快！

"你看它几多好看！又是颜色有光的衣服，又是一对大眼睛。橡皮靴子多么漂亮，前后还佩有金晃晃的徽章！

"我更喜欢那些头上插有一面小小五色绸国旗的……

"身上那么阔气，无怪乎它不怕那些恶人，（就是时常骂四疤子的一批恶人）恶人见它时还忙举起手来行一个礼呢！"

还时时妄想，有一天，四疤子也能为它那么打扮起来。好几次做梦，都觉得自己那一只脚，已套上了一只灰色崭新的橡皮套鞋，头上也有那么一面小国旗，不再待四疤子在后头推送，自己就在西单牌楼一带人群里乱冲乱撞，穿黄衣在大街上站岗的那恶人也一个二个把手举起来，恭恭敬敬的了。从那一次惊吓后，它把"人生观"全变过来。因为通常它总无法靠近一个匣子身边站立，好细心来欣赏一下所钦佩的东西的内容。这一次却见到了。见了后它才了然。它知道原来那东西本事也同自己差不了许多。不仅跑趟子快慢要听到坐在它腰肩上那人命令，就是大起喉咙吓人让路时的声音，也得那人扳它的口。穿靴子其所以新，乃正因其奴性太重，一点不敢倔强的缘故，别人才替它装饰。从此就不觉得那匣子有一点可以佩服处了，也不再希望做那大街上冲冲撞撞的梦了，"这正是一个可耻的梦啊。"背后的忏悔，有过很久时间。

近来一遇见那些匣子之类，虽同样要把身子让到一边去，然而口气变了。

"有什么价值？可耻！"且"嘘！嘘！"不住地打起哨子表示轻蔑。

"怎么，那匣子不是英雄吗？"或一个不知事故的同伴问。"英雄，可耻！"遇到别个水车问它时，它总做出无限轻蔑样子来鄙薄匣子。本来它平素就是忠厚的，对那些长年四季不洗澡的脏煤车还表同情，对待粪车也只以"职务不同"故"敬而远之"，然在匣子面前，却不由得不骄傲了。

"请问：我说话是有要人扳过口的事吗？我虽然听四疤子的命令，但谁也不敢欺负谁，骑到别个的身上啊！我请大家估价，把'举止漂亮'除开，看谁的是失格！"

假使"格"之一字，真用得到水车与汽车身上去，恐怕水车的骄傲也不是什么极不合理的事！

过节和观灯

说起过节和观灯，每人都有一份不同的经验。

中国是世界上一个大国，地面广，人口多，历史长，分布全国各民族语言文化风俗习惯又不一样，所以一年四季就有许多种节日，使用不同方式，分别在山上、水边、乡村、城镇举行。属于个人的且家家有分。这些节日影响到衣食住行各方面，丰富人民生活的内容，扩大历史文化的面貌，也加深了民族团结的感情。一般吃的如年糕、粽子、月饼、腊八粥，玩的如花炮、焰火、秋千、风筝、灯彩、陀螺、兔儿爷、胖阿福，穿戴的如虎头帽、猫猫鞋、作闹龙舟和百子观灯图的衣裙、坎肩、涎围和围裙……就无一不和节令密切相关。较古节日已延长了两三千年，后起的也有千把年历史，经史等古籍中曾提起它种种来历和举行的仪式。大多数节日常和农事生产相关，小部分则由名人故事或神话传说而来，因此有的虽具有全国性，依旧会留下些区域特征。比如为纪念屈原的五月端阳，包粽子，悬蒲艾，戴石榴花，虽然已成全国习惯，但南方的龙舟竞渡，给青年、妇女及小孩子带来的兴奋和快乐，就绝不是生长在北方平原的人所能想象！

大江以南，凡是有河流可通船舶处，无论大城小市，端午必照例举行赛船。这些特制龙船多窄而长，有的且分五色，头尾高张，转动十分灵便。平时搁在岸上，节日来临前，才由二三十个特选少壮青年，在鞭炮轰响、欢笑呼喊中送请下水。初五叫小端阳，十五叫大端阳，正式比赛或由初三到初五，或由初五到十五。沅水流域的渔家子弟，白天玩不尽兴，晚上犹继续进行，三更半夜后，住在河边的人从睡梦中醒来时，还可听到水面飘来蓬蓬当当的锣鼓声。近年来我的记忆力日益衰退，可是四十多年前在一条六百里长的沅水和五个支流一些大城小镇度过的端阳节，由于乡情风俗热烈活泼，将近半个世纪，种种景象在记忆中还明朗清楚，不褪色，不走样。

因此还可联想起许多用"闹龙舟"作题材的艺术品。较早出现的龙舟，似应数敦煌壁画，东王公坐在上面去会西王母，云游远方，象征"驾六龙以驭天"。画虽成于北朝人手，最先稿本或可早到汉代。其次是《洛神赋图卷》，也有个相似而不同的龙舟，仿佛"驾玉虬

而偕逝"情形，作为曹植对洛神的眷恋悬想。虽历来当作晋代大画家顾恺之手笔，产生时代又可能较晚些。还有个长及数丈元明人传摹唐李昭道《阿房宫图卷》，也有几只装饰华美的龙凤舟，在一派清波中从容荡漾，和结构宏伟建筑群相呼应。只是这些龙舟有的近于在水云中游行的无轮车子，有的又和五月端阳少直接关系。由宋到清，比较著名的画还有张择端《金明争标图》，宋人《龙舟图》，元人王振鹏《龙舟竞渡图》，宋人《西湖竞渡图》，明人《龙舟竞渡图》，……画幅虽不大，作得都相当生动美丽，反映出部分历史真实。故宫收藏清初十二月令画轴《五月端阳龙舟图》，且画得格外华美热闹。

此外明清工人用象牙、竹木和剔红雕填漆作的龙船，也有工艺精巧绝伦的。至于应用到生活服用方面，实无过西南各省民间挑花刺绣。被面、帐檐、门帘、枕帕、围裙、手巾、头巾，和小孩穿的坎肩、涎围，戴的花帽，经常都把闹龙舟作主题，加以各种不同艺术表现，做得异常精美出色。当地妇女制作这些刺绣时，照例必把个人节日欢乐的回忆，做新嫁娘做母亲对于家庭的幸福愿望，对于儿女的热爱关心，连同彩色丝线交织在图案中。闹龙舟的五彩版画，也特别受农村中和长年寄居在渔船上货船上的妇孺欢迎，能引起他们种种欢乐回忆和联想。

还有特具地方性的跑马节，是在云南昆明附近乡下跑马山下举行的。这种聚集了近百里内四乡群众的盛会，到时百货云集，百艺毕呈，对于外乡人更加开眼。不仅引人兴趣，也能长人见闻。来自四乡载运烧酒的马驮子，多把酒坛连驮架就地卸下，站在一旁招徕主顾，并且用小竹筒不住舀酒请人品尝。有些上点年纪的人，阅兵点将一般，到处走去，点点头又摇摇头，平时若酒量不大，绕场一周，也就不免给那喷鼻浓香酒味熏得摇摇晃晃有个三分醉意了。各种酸甜苦辣吃食摊子，也都富有云南地方特色，为外地所少见。妇女们高兴的事情，是城乡第一流银匠到时都带了各种新样首饰，选平敞地搭个小小布棚，展开全部场面，就地开业，煮、炸、捶、钻、吹、镀、嵌、接，显得十分热闹。卖土布鞋面枕帕的，卖花边阑干、五色丝线和胭脂水粉香胰子的，都是专为女主顾而准备。文具摊上经常还可发现木刻《百家姓》和其它老式启蒙读物。

大家主要兴趣自然在跑马，特别关心本村的胜败，和划龙船情形相差不多。我对于赛马兴趣并不大。云南马骨架多比较矮小，近于古人说的"果下马"，平时当坐骑，爬山越岭腰力还不坏，走夜路又不轻易失蹄。在平川地作小跑，钻子步走来匀称稳当，也显得蛮有精神。可是当时我实另有所会心，只希望从那些装备不同的马背上，发现一点"秘密"。因为我对于工艺美术有点常识，漆器加工历史有许多问题还未得解决。读唐宋人笔记，多以为"犀皮漆"做法来自西南，系由马鞍鞯涂漆久经摩擦而成。"波罗漆"即犀皮中一种，"波罗"由樊绰《蛮书》得知即老虎别名，由此可知波罗漆得名便在南方。但是缺少从实物取证，承认或否认仍难肯定。我因久住昆明滇池边乡下，平时赶火车入城，即曾经从坐骑鞍桥上发现有各种彩色重叠的花斑，证明《因话录》等记载不是全无道理。所谓秘密，就是想趁机会在那些来自四乡装备不同的马背上，再仔细些探索一下究竟。结果明白不仅有犀皮漆云斑，还有五色相杂牛皮纹，正是宋代"绮纹刷丝漆"的做法。至于宋明铁错银马镫，更是随处可见。云南本出铜漆，又有个工艺传统，马具制作沿袭较古制度，本来极平常自然。可是这些小发现，对我说来却意义深长，因为明白"由物证史"的方法，此后就用到研究物质文化史和工艺图案发展史，都可得到不少新发现。当时在人马群中挤来钻去，十分满意，真正应合了古人说的"相马于牝牡骊黄之外"。但过不多久，更新的发现，就把我引诱过去，认为从马背上研究老问题，不免近于卖呆，远不如从活人中听听生命的颂歌为有意思了。

原来跑马节还有许多精彩的活动，在另外一个斜坡边，比较僻静长满小小马尾松林子和荆条丛生的地区，那时到处有一簇簇年轻男女在对歌，也可说是"情绪跑马"，热烈程度绝不下于马背翻腾。云南本是个诗歌的家乡，路南和迤西歌舞早闻名全国。这一回却更加丰富了我的见闻。

一　天

有时我常觉得自己为人行事，有许多地方太不长进了。每当什么佳节或自己生辰快要来临时，总像小孩子遇到过年一般，不免有许多期待，等得日子一到，又毫无意思地让它过去了，过去之后，则又对这已逝去的一切追恋，怅惘。这回候了许久的中秋，终于被我在山上候来了。我预备这天用沙果葡萄代替粮食。我预备夹三瓶啤酒到半山亭，把啤酒朝肚子里一灌，再把酒瓶子掷到石墙上去，好使亭边正在高兴狂吟的蝈蝈儿大惊一下。这些事，到时又不高兴去做了。我预备到那无人居住的森玉笏去大哭一阵，我预备买一点礼物去送给六间房那可怜乡下女人，虽然我还记到她那可怜样子，心中悲哀怫郁无处可泄，然而我只在昏昏蒙蒙的黄色灯光下，把头埋到两个手掌上，消磨了上半夜。听到别院中箫鼓竞奏，繁音越过墙来，继之以掌声，笑语嘈杂，痴痴地想起些往事，记出些过去与中秋相关联的人来，觉得都不过一个当时受用而事一过去即难追寻的幻梦罢了！四年前这夜，洪江船上，把脑袋钻进一个三十斤的大西瓜中演笑话的小孩，怎么就变成满头白发的感伤憔悴人了？过去的若果是梦，则后土坡之坟墓，其中纵确曾葬了一人，所葬的也不是那个当年活跃豪爽的漪舅妈了。……中秋过了，我第二个所期待之双十节又到了。

听大家说，今年北京城真有太平景象。执政府门前的灯，不但比去年冷落的总统府门前热闹了许多，就是往年无论哪一次庆祝盛会，也不能比此次的阔绰。今年据说不比往时穷，有许多待执政解决的国际账，账上找出很多盈余来，热闹自是当然的事。街上呢，谅来庆贺那么多回的商人，挂旗子加电灯总不必再劳动警察厅的传令人了！且这也可以说是一些绸缎铺、洋货店、粮食店一个赚钱的好机会，哪个又愿轻易放过？各铺子除了电灯红绿其色外，门前瓦斯灯总由一盏增加到二或三盏。小点的铺子呢，那日账上支出项下，必还有一笔："庆祝双十节付话匣子租金洋一元二角"。

街上喊老爷喊太太讨钱的穷女人，靠求乞为生的穷朋友，今夜必也要叨了点革命纪念日的光。平时让你卑躬屈求置之不理的老爷太太们，会因佳节而慷慨了许多，在第三声请求哀矜以前，即摸个把铜子掷到地上了。……我若能进城去，到马路旁不怕汽车恐吓的路段上去闲踱，把西单牌楼踱完时，再搭电车到东单，两处都有灯可看。亮亮煌煌的灯光下，必还可见到许多生长得好看的年青女人们，花花绿绿，出进于稻香村丰祥益一类铺号中。虽说天气已到了深秋，我这单菲菲的羽纱衫子，到大街上飘飘乎风中，即不怕人笑，但为风一欢，自己也会不大受用，也许立时就咳起嗽来，鼻子不通，见寒作热。然而我所以不进城者，倒另是一个原因。倘若进城，我是先有一种很周到的计划的。我想大白天里，有太阳能帮助我肩背暖和，在太阳下走动，也许穿单衫倒比较适宜一点，热时不至于出汗，走路也轻便得多。一至夜里，铺子上电灯发光时，我就专朝到人多的地方撞去，用力气去挤别人，也尽别人用气力来挤我，相互挤挨，这样会生出多量的热来，寒气侵袭，就无恐惧之必需了。西单东单实在都到了无可挤时，我再搭乘二等电车到前门，跑向大栅栏一带去发汗，大栅栏不到深夜是万不会无人可挤的。并且二等电车中，就是一个顶好避寒的地方。譬如我在西单一家馒头铺听话匣子，死蠢蠢站了半个钟头之后，业已受了点微寒，打了几个冷战，待一上电车，那寒气马上会跑去无余。

要说是留恋山上吧，山上又无可足恋。看到山上的一切，都如同大厨房的大师傅一样，腻人而已。也不是无钱，我荷包还剩两块钱。就算把那张懋业银行的票子做来往车费，也还有一张一元交通票够我城中花费：坐电车，买宾来香的可可糖，吃一天春的鲍鱼鸡丝面，随便抓三两堆两个子儿一堆的新落花生，塞到衣袋里去，慢慢的尽我到马路上一颗一颗去剥，也做得到。

说来似乎可笑！我一面觉得北京城的今夜灯光实在亮得可以，有去玩玩，吃可可糖，吃鲍鱼面，剥落花生的需要，但另一方面不去的原因，却只是惫懒。

"好，不用进城了，我就是这么到这里厮混一天吧。"墙壁上，映着从房门上头那小窗口射进来的一片红灯光。朝外面这个窗口，已经成灰白色了。我醒来第一个思想，既自己不否认这思想是无聊，所以我重新将薄棉被蒙起我的头，一直到外面敲打集会钟时才起身。这时已到了八点钟。我纵想再勉强睡下去，做渺茫空虚半梦迷的遐想，也是不可能的事了。

太阳已从窗口爬到我床上了。在那一片狭狭的光带中，见到有无数本身有光的小微尘很活泼地在游行着。

大楼屋顶上那个检瓦的小泥水匠，每日上上下下的那架木梯，还很寂寞地搁到我窗前不远的墙上，本身晒着太阳，全身灰色，表明它的老成。昨天前天，那黑小身个儿的泥水匠，还时时刻刻在屋顶角上发现，听到他的甜蜜哨子时，我一抬头就看到他。因为提取灰泥，不能时上时下，到下面一个小工拌合灰泥完成时，他就站近檐口边来，一只脚踹到接近白铁溜水桶的旁边，一只脚还时常移动。大楼离地约三四丈高，一不小心，从上面掉到地上，就得跌坏，岂是当真闹着玩儿？他竟能从容不迫，在上面若无其事似的，且有余裕用嘴巴来打哨子，嘘出反二簧的起板来，使我佩服他远胜过我所尊重的文人还甚。这时只有梯子在太阳下取暖，却不见他一头吹哨子一头用绳子放到地下，拉取那挂在绳钩上的水泥袋子了！大概他也叨了点国庆日的光，取得一天休息到别处玩去了。

这时会场的巴掌，时起时落。且于极庄严的国歌后，有许多欢呼继起。这小身个儿泥水匠，也许正在会场外窗子旁边看别人热闹吧！也许于情不自禁时，亦搭到别人热闹着，拍了两下巴掌吧！若是窗子边沿间找不到这位朋友，我想他必定在陶工厂那窑室前了。我有许多次晚饭后散步从陶工厂过身时，都见到他跨坐在一个石碌碡上磨东西，磨冶的大致是些荡刀之类铁器。他大概还是一个学徒，所以除一般工作外，随时随地总还有些零碎活应做。但这人，随时仍找得出打哨子的余裕来，听他哨子，就知道工作的烦琐枯燥，还不能给这朋友多少烦恼。……幸福同这人一块儿，所以不必问他此时是在会场窗子边露出牙齿打哈哈，或是仍然跨据着那个石碌碡上磨铁器。今天午饭时，照例小工有一顿白馒头，幸福的人，总会比往常分外高兴了！

春游颐和园

北京建都有了八百多年历史。劳动人民用他们的勤劳和智慧，在北京城郊建造了许多规模宏大建筑美丽的宫殿、庙宇和花园，留给我们后一代。花园建筑规模大，花木池塘富于艺术巧思，设备精美在世界上也特别著名的，是十七、十八世纪康熙乾隆时在西郊建筑的"圆明园"。这个著名花园，是在百十多年前就被帝国主义者野蛮军队把园里面上千栋房子中各种重要珍贵文物及一切陈设大肆抢劫后，有意放一把火烧掉了的。花园建筑时间比较晚的，是西郊的颐和园。部分建筑乾隆时虽然已具规模，主要建筑群却在八十年前光绪时才完成。修建这座大园子的经济来源，是借口恢复国防海军从人民刮来的几千万两银子，花园做成后，却只算是帝王一家人私有。

直到北京解放，这座大花园才真正成为人民的公共财产。

颐和园的游人数字是个证明：一九四九年全年二十六万六千八百多人次，一九五五年达到一百七十八万七千多人次。二十年前游颐和园的人，常常觉得园里太大太空阔。其实只是能够玩的人太少，所以到处总是显得空空的。许多地方长满了荒草，许多建筑也摇摇欲坠，游人不敢走近去。现在一般印象总觉得园子不太大。颐和园那条长廊，虽然已经长约三里，现在每逢星期天游人就挤得满满的，即再加宽加长一倍两倍，也还是不够用。

春天来，颐和园花木都逐渐开放了，每天除了成千上万来看花的游人，还有许多来自城郊学校的少先队员，到园中过队日郊游，进行各种有益身心的活动。满园子里各处都可见到红领巾，各处都可听到建设祖国接班人的健康快乐的笑语和歌声。配合充满生机一片新绿丛中的鸟语花香，颐和园本身，因此也显得更加美丽和年青！

凡是游颐和园的人，在售票处购买一册介绍园中景物的说明书，可得到极多帮助。只是如何就可用比较经济的时间，把颐和园重要地方都逛到呢？我想就我个人过去几年在这个大园子里住了两个夏天转来转去的经验，和园子里建筑花木在春秋佳日给我的印象，概括地说说，作为游园的参考。

我们似可把颐和园分成五个大单位去游览。

　　第一部分是进门以后的建筑群。这个建筑群除中部大殿外，计包括北边的大戏楼和西边的乐寿堂，以及西边前面一点的玉澜堂。玉澜堂相传是光绪被慈禧太后囚禁的地方，院子和其他建筑隔绝自成一个小单位。到这里来的人，还可从门口的说明牌子，体会到近六十年历史一鳞一爪。参观大戏台，得往回路向东走。这个戏台和中国近代戏曲发展史有些联系，中国京戏最出色的演员谭鑫培、杨小楼，都到这台上演过戏。戏台上下分三层，还有个宽阔整洁的后台和地下室，准备了各种机关布景。例如表演《孙悟空大闹天宫》或《水漫金山寺》时，台上下到必要时还会喷水冒烟。演员也可以借助于技术设备，一齐腾空上升，或潜入地下，隐现不易捉摸。戏台面积比看戏的殿堂大许多，原因是这些戏主要是演给专制帝王和少数皇亲贵族官僚看的。演员百余人在台上活动，看戏的可能只三五十人。社会在发展中，六十年过去了，帝王独夫和这些名艺人十九都已死去。为人民爱好的艺术家的绝艺，却继续活在人们记忆中，由于后辈的学习和发展，日益光辉并充实以新的生命。由大戏楼向西可到乐寿堂。这是六十年前慈禧做生日大排寿筵的地方。颐和园陈设彩绘装饰中，有许多十九世纪显然见出半殖民地化的开始的不中不西恶俗趣味处，就多是当时在广东上海等通商口岸办洋务的奴才，为贡谀祝寿而做来的。也有些是帝国主义者为侵略中国的敲门砖。中国瓷器中有一种黄绿釉绘墨彩花鸟，多用紫藤和秋葵作主题，横写"天地一家春"的款识的，器形彩绘相当恶俗，也是这个时期的生产。乐寿堂庭院宽敞，建筑虽不特别高大，却显得气魄大方。本院和西边一小院，春天时玉兰和海棠都开得格外茂盛。

第二部分是长廊全部和以排云殿、佛香阁为主体、围绕左右的建筑群。这是目下整个园子建筑最引人注意部分，也是全园的精华。有很多建筑小单位，或是一个四合院，或是一组列房子，内部布置得都十分讲究。花木围廊，各具巧思。

但是从整体或部分说来，这个建筑群有些只是为配风景而做的，有些宜近看，有些只合远观。想总括全部得到一个整体印象，得租一只小游船，把船直向湖中心划去，再回过头来，看看这个建筑群，才会明白全部设计的用心处。因为排云殿后面隙地不多，山势太陡，许多建筑不免挤得紧一点。如东边的转轮藏，西边的另一个小建筑群，都有点展布不开。正背后的佛香阁，地势更加迫促。虽亏得聪明的建筑工人，出主意把上佛香阁的路分作两边，作之字形盘旋而上，地势还是过于迫促，石阶过于陡峭。更向西一点的"画中游"部分建筑，也由于地面窄狭，做得格外玲珑小巧。必须到湖中看看，才明白建筑工人的用意，当时这部分建筑，原来就是为配合全山风景做成的。船到湖中心时向南望，在一平如镜碧波中的龙王庙和十七孔虹桥，都若十分亲切地向游人招手："来，来，来，这里也很有意思。"从这里望万寿山，距离虽远了点，可是把那些建筑不合理印象也忽略了。

第三部分就是湖中心那个孤岛上的建筑群，龙王庙是主体。连接龙王庙和东墙柳荫路全靠那条十七孔白石虹桥，长年卧在万顷碧波中，背景是一片北京特有的蓝得透亮的天空，真不愧叫作人造的虹。这条白石桥无论是远看，近看，或把船摇到下边仰起头来看，或站在桥上向左右四方看，都令人觉得满意。桥东有个大亭子，未油漆前可看出木材特别讲究，可能还是两百年前从南海运来的。岸边有一只铜牛，卧在一个白石座上，从从容容望着湖景，望着远处西山，是两百年前铸铜工人的创作。

第四部分是后山一带，建筑废址并不少，保存完整的房子却不多。很明显是经过历史事变的痕迹没有修复过来。由后湖桥边的苏州街遗址，到上山的一系列殿基，直到半山上的两座残塔，这部分建筑也是在圆明园被焚的同时焚毁的。目下重要的是有好几条曲折小山路，清静幽僻，最宜散步。还有好几条形式不同的白石桥和新近修理的赤栏木板桥，湖水曲折地从桥下通过，划船时极有意思。

第五部分是东路以谐趣园作中心的建筑群，靠西上山有景福阁，靠北紧邻是霁清轩。这一组建筑群和前山后山大不相同，特征是树木比较多，地方比较僻静。建筑群包括有北方的明敞（如景福阁）和南方的幽趣（如霁清轩）两种长处。

谐趣园主要部分是一个荷花池子，绕着池子有一组长廊和建筑。谐趣园占地面积不大，房子也因此稍嫌拥挤，但是那个荷花池子，夏天荷花盛开时，真是又香又好看。欢喜雀鸟的，这里四围树林子里经常有极好听的黄鸟歌声。啄木鸟声音也数这个地区最多。夏六七月天雨后放晴时，树林间的鸟雀欢呼飞鸣，更是一种活泼生机。地方背风向阳处，长年有竹子生长。由后湖引来的一股活水，到此下坠五公尺，因此做成小小瀑布，夏天水发时，水声哗哗，对于久住北方平地的人，看到这些事物引起的情感，很显然都是新的。霁清轩地位已接近园中后围墙，建筑构造极其别致，小院落主要部分是一座四面明窗当风的轩，一株盘旋而上的老松树，一个孤立的亭子，以及横贯院中的一道小小溪流。读过《红楼梦》的人，如偶然到了这个地方，会联想起当年书中那个女尼妙玉的住处。还有史湘云醉眠芍药茵的故事，也可能会在霁清轩大门前边一点发生。这个建筑照全部结构说来，是比《红楼梦》创作时代略早一点。有人到过谐趣园许多次，还不知道面前霁清轩的位置，可知这个建筑的布置成功处。由谐趣园宫门直向上山路走，不多远还有个乐农轩，虽只是平房一列，房子前花木却长得极好。杏花以外丁香、海棠、梨花都很好。景福阁位置在半山上，这座重屋曲折"亞"字形的大建筑，四面窗子透亮，绕屋平台廊子都极朗敞。遇着好机会，我们可能会在这里看到一些面孔熟习的著名文艺工作者，电影、歌剧、话剧名演员，……他们也许正在这里和国际友人举行游园联欢会，在那里唱歌跳舞。

一九三四年一月十八

　　我仿佛被一个极熟的人喊了又喊，人清醒后那个声音还在耳朵边。原来我的小船已开行了许久，这时节正在一个长潭中顺风滑行，河水从船舷轻轻擦过，把我弄醒了。

　　我的小船今天应当停泊到一个大码头，想起这件事，我就有点儿慌张起来了。小船应停泊的地方，照史籍上所说，出丹砂，出辰川符。事实上却只出胖人，出肥猪，出鞭炮，出雨桑一条长长的河街。长街尽头飘扬着用红黑二色写上扁方体字税关的幡信，税关前停泊了无数上下行验关的船只。长街尽头油坊围墙如城垣，长年有油可打。打油匠摇荡悬空油槌，訇的向前抛去时，莫不伴以摇曳长歌，由日到夜，不知休止。河中长年有大木筏停泊，每一木筏浮江而下时，同时四方角隅至少有三十个人举桡激水。沿河吊脚楼下泊定了大而明黄的船只，船尾高张，常到两丈左右，小船从下面过身时，

— 71 —

仰头看去恰如一间大屋。（那上面必用金漆写的有福字同顺字!）这个地方就是我一提及它时充满了感情的辰州。

小船去辰州还约三十里，两岸山头已较小，不再壁立拔峰，渐渐成为一堆堆黛色与浅绿相间的邱阜，山势既较和平，河水也温和多了。两岸人家渐渐越来越多，随处可以见到毛竹林。山头已无雪，虽尚不出太阳，气候干冷，天空倒明明朗朗。小船顺风张帆向上流走去时，似乎异常稳定。

但小船今天至少还得上三个滩与一个长长的急流。

大约九点钟时，小船到了第一个长滩脚下了，白浪从船旁跑过，快如奔马，在惊心炫目情形中小船居然上了滩。小船上滩照例并不如何困难，大船可不同一点。滩头上就有四只大船斜卧在白浪中大石上，毫无出险的希望。其中一只货船，大致还是昨天才坏事的，只见许多水手在石滩上搭了棚子住下，且摊晒了许多被水浸湿的货物。正当我那只小船上完第一滩时，却见一只大船，正搁浅在滩头激流里。只见一个水手赤裸着全身向水中跳去，想在水中用肩背之力使船只活动，可是人一下水后，就即刻为激流带走了。在浪声哮吼里尚听到岸上人沿岸追喊着，水中那一个大约也回答着一些遗嘱之类，过一会儿，人便不见了。这个滩共有九段。这件事

— 72 —

从船上人看来，可太平常了。

小船上第二段时，河流已随山势曲折，再不能张帆取风，我担心到这小小船只的完全问题，就向掌舵水手提议，增加一个临时纤手，钱由我出，得到了他的同意。一个老头子，牙齿已脱，白须满腮，却如古罗马战士那么健壮，光着手脚蹲在河边那个大青石上讲生意来了。两方面都大声嚷着而且辱骂着，一个要一千，一个却只出九百，相差那一百钱折合银洋约一分一厘。那方面既坚持非一千文不出卖这点气力，这一方面却以为小船根本不必多出这笔钱给一个老头子。我即或答应了不拘多少钱统由我出，船上三个水手，一面与那老头子对骂，一面把船开到急流里去了。见小船已开出后，老头子方不再坚持那一分钱，却赶忙从大石上一跃而下，自动把背后纤板上短绳，缚定了小船的竹缆，弓着腰向前走去了。

待到小船业已完全上滩后，那老头就赶到船边来取钱，互相又是一阵辱骂。得了钱，坐在水边大石上一五一十数着。我问他有多少年纪，他说七十七。那样子，简直是一个托尔斯泰！眉毛那么长，鼻子那么大，胡子那么多，一切都同画像上的托尔斯泰相去不远。看他那数钱神气，人快到八十了，对于生存还那么努力执着，这人给我的印象真太深了。但这个人在他们弄船人看

— 73 —

来，一个又老又狡猾的东西罢了。

小船上尽长滩后，到了一个小小水村边，有母鸡生蛋的声音，有人隔河喊人的声音，两山不高而翠色迎人。许多等待修理的小船，一字排开斜卧在岸上，有人在一只船边敲敲打打，我知道他们正用麻头与桐油石灰嵌进船缝里去。一个木筏上面还搁了一只小船，在平潭中溜着。忽然村中有炮仗声音，有唢呐声音，且有锣声；原来村中人正接媳妇。锣声一起，修船的，放木筏的，划船的，无不停止了工作，向锣声起处望去。——多美丽的一幅图画，一首诗！但除了一个从城市中因事挤出的人觉得惊讶，难道还有谁看到这些光景矍然神往。

下午二时左右，我坐的那只小船，已经把辰河由桃源到沅陵一段路程主要滩水上完，到了一个平静长潭里。天气转晴，日头初出，两岸小山作浅绿色，山水秀雅明丽如西湖。船离辰州只差十里，我估计过不久，船到了白塔下再上个小滩，转过山嘴，就可以见到税关上飘扬的长幡信了。

想起再过两点钟，小船泊到泥滩上后，我就会如同我小说写到的那个柏子一样，从跳板一端摇摇荡荡地上了岸，直向有吊脚楼人家的河街走去，再也不能蜷伏在船里了。

我坐到后舱口日光下，向着河流清算我对于这条河水这个地方的一切旧账。原来我离开这地方已十六年。十六年的日子实在过得太快了一点。想起从这堆日子中所有人事的变迁，我轻轻地叹息了好些次。这地方是我第二个故乡。我第一次离乡背井，随了那一群肩扛刀枪向外发展的武士为生存而战斗，就停顿到这个码头上。这地方每一条街每一处衙署，每一间商店，每一个城洞里做小生意的小担子，还如何在我睡梦里占据一个位置！这个河码头在十六年前教育我，给我明白了多少人事，帮助我做过多少幻想，如今却又轮到它来为我温习那个业已消逝的童年梦境来了。

望着汤汤的流水，我心中好像忽然彻悟了一点人生，同时又好像从这条河上，新得到了一点智慧。的的确确，这河水过去给我的是"知识"，如今给我的却是"智慧"。山头一抹淡淡的午后阳光感动我，水底各色圆如棋子的石头也感动我。我心中似乎毫无渣滓，透明烛照，对万汇百物，对拉船人与小小船只，一切都那么爱着，十分温暖地爱着！我的感情早已融入这第二故乡一切光景声色里了。我仿佛很渺小很谦卑，对一切有生无生似乎都在伸手，且微笑地轻轻地说："我来了，是的，我仍然同从前一样地来了。我们全是原来的样子，真令人高兴。你，充满了牛粪桐油气味的小小河街，虽稍稍不同了一点，我这张脸，大约也不同了一点。可是，很可喜的是我们还互相认识，只因为我们过去实在太熟习了!"

看到日夜不断千古长流河水里的石头和沙子，以及水面腐烂的草木，破碎的船板，使我触着了一个使人感觉惆怅的名词。我想起"历史"。一套用文字写成的历史，除了告给我们一些另一时代另一群人在这地面上相斫相杀的故事以外，我们绝不会再多知道一些要知道的事情。但这条河流，却告给了我若干年来若干人类的哀乐! 小小灰色的渔船，船舷船顶站满了黑色沉默的鱼鹰，向下游缓缓划去了。石滩上走着脊梁略弯的拉船人。这些东西于历史似乎毫无关系，百年前或百年后皆仿佛同目前一样。他们那么忠实庄严地生活，担负了自己那份命运，为自己，为儿女，继续在这世界中活下去。不问所过的是如何贫贱艰难的日子，却从不逃避为了求生而应有的一切努力。在他们生活爱憎得失里，也依然摊派了哭，笑，吃，喝。对于寒暑的来临，他们便更比其他世界上人感到四时交替的严肃。历史对于他们俨然毫无意义，然而提到他们这点千年不变无可记载的历史，却使人引起无言的哀戚。

我有点担心，地方一切虽没有什么变动，我或者变得太多了一点。

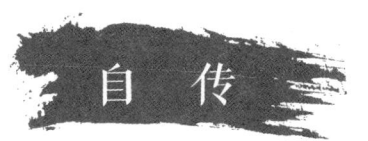

自 传

我所生长的地方

　　拿起我这支笔来，想写点我在这地面上二十年所过的日子，所见的人物，所听的声音，所嗅的气味；也就是说我真真实实所受的人生教育，首先提到一个我从那儿生长的边疆僻地小城时，实在不知道怎样来着手就较方便些。我应当照城市中人的口吻来说，这真是一个古怪地方！只由于两百年前满人治理中国土地时，为镇抚与虐杀残余苗族，派遣了一队戍卒屯丁驻扎，方有了城堡与居民。这古怪地方的成立与一切过去，有一部《苗防备览》记载了些官方文件，但那只是一部枯燥无味的官书。我想把我一篇作品里所简单描绘过的那个小城，介绍到这里来。这虽然只是一个轮廓，但那地方一切情景，欲浮凸起来，仿佛可用手去摸触。

　　一个好事人，若从二百年前某种较旧一点的地图上去寻找，当可在黔北、川东、湘西一处极偏僻的角隅上，发现一个名为"镇筸"的小点。那里同别的小点一样，事实上应当有一个城市，在那城市中，安顿下三五千人口。不过一切城市的存在，大部分都在交通、物产、经济活动情形下面，成为那个城市枯荣的因缘，这一个地方，却以另外一个意义无所依附而独立存在。试将那个用粗糙而坚实巨大石头砌成的圆城作为中心，向四方展开，围绕了这边疆僻地的孤城，约有五百左右的碉堡，二百左右的营汛。碉堡各用大石块堆成，位置在山顶头，随了山岭脉络蜿蜒各处走去；营汛各位置在驿路上，布置得极有秩序。这些东西在一百八十年前，是按照一种精密的计划，各保持相当距离，在周围数百里内，平均分配下来，解决了退守一隅常作"蠢动"的边苗"叛变"的。

两世纪来清朝的暴政，以及因这暴政而引起的反抗，血染红了每一条官路同每一个碉堡。到如今，一切完事了，碉堡多数业已毁掉了，营汛多数成为民房了，人民已大半同化了。落日黄昏时节，站到那个巍然独在万山环绕的孤城高处，眺望那些远近残毁碉堡，还可依稀想见当时角鼓火炬传警告急的光景。这地方到今日，已因为变成另外一种军事重心，一切皆用一种迅速的姿势在改变，在进步，同时这种进步，也就正消灭到过去一切。

凡有机会追随了屈原溯江而行那条长年澄清的沅

水，向上游去的旅客和商人，若打量由陆路入黔入川，不经古夜郎国，不经永顺、龙山，都应当明白"镇筸"是个可以安顿他的行李最可靠也最舒服的地方。那里土匪的名称不习惯于一般人的耳朵。兵卒纯善如平民，与人无侮无扰。农民勇敢而安分，且莫不敬神守法。商人各负担了花纱同货物，洒脱地向深山中村庄走去，同平民做有无交易，谋取什一之利。地方统治者分数种：最上为天神，其次为官，又其次才为村长同执行巫术的神的侍奉者。人人洁身信神，守法爱官。每家俱有兵役，可按月各自到营上领取一点银子，一份米粮，且可从官家领取二百年前被政府所没收的公田耕耨播种。城中人每年各按照家中有无，到天王庙去杀猪，宰羊，磔狗，献鸡，献鱼，求神保佑五谷的繁殖，六畜的兴旺，儿女的长成，以及作疾病婚丧的禳解。人人皆依本分担负官府所分派的捐款，又自动地捐钱与庙祝或单独执行巫术者。

一切事保持一种淳朴习惯，遵从古礼；春秋二季农事起始与结束时，照例有年老人向各处人家敛钱，给社稷神唱木傀儡戏。旱暵祈雨，便有小孩子共同抬了活狗，带上柳条，或扎成草龙各处走去。春天常有春官，穿黄衣各处念农事歌词。岁暮年末居民便装饰红衣傩神于家中正屋，捶大鼓如雷鸣，苗巫穿鲜红如血衣服，吹镂银牛角，拿铜刀，踊跃歌舞娱神。城中的住民，多当时派遣移来的戍卒屯丁。此外则有江西人在此卖布，福建人在此卖烟，广东人在此卖药。地方由少数读书人与多数军官，在政治上与婚姻上两面的结合，产生一个上层阶级，这阶级一方面用一种保守稳健的政策，长时期管理政治，一方面支配了大部分属于私有的土地；而这阶级的来源，却又仍然出于当年的戍卒屯丁，地方城外山坡上产桐树杉树，矿坑中有朱砂水银，松林里生菌子，山洞中多硝。

城乡全不缺少勇敢忠诚适于理想的兵士，与温柔耐劳适于家庭的妇人。在军校阶级厨房中，出异常可口的菜饭，在伐树砍柴人口中，出热情优美的歌声。

地方东南四十里接近大河，一道河流肥沃了平衍的两岸，多米，多橘柚。西北二十里后，即已渐入高原，近抵苗乡，万山重叠。大小重叠的山中，大杉树以长年深绿逼人的颜色，蔓延各处。一道小河从高山绝涧中流出，汇集了万山细流，沿了两岸有杉树林的河沟奔驶而过，农民各就河边编缚竹子做成水车，引河中流水，灌溉高处的山田。河水长年清澈，其中多鳜鱼，鲫鱼，鲤鱼，大的比人脚板还大。河岸上那些人家里，常常可以见到白脸长身见人善作媚笑的女子。小河水流环绕"镇筸"北城下驶，到一百七十里后方汇入辰河，直抵洞庭。

这地方又名凤凰厅，到民国后便改成了县治，名凤凰县。辛亥革命后，湘西镇守使与辰沅道皆驻节在此地。

地方居民不过五六千，驻防各处的正规兵士却有七千。由于环境的不同，直到现在其地绿营兵役制度尚保存不废，为中国绿营军制唯一残留之物。

我就生长在这样一个小城里，将近十五岁时方离开。出门两年半回过那小城一次以后，直到现在为止，那城门我还不再进去过。但那地方我是熟习的。现在还有许多人生活在那个城市里，我却常常生活在那个小城过去给我的印象里。

我的家庭

　　咸同之季，中国近代史极可注意之一页，曾左胡彭所带领的湘军部队中，算军有个相当的位置。统率算军转战各处的是一群青年将校，原多卖马草为生，最著名的为田兴恕与当时同伴数人，年在二十岁左右，同时得到清朝提督衔的共有四位，其中有一沈洪富，便是我的祖父。这青年军官二十二岁左右时，便曾一度做过云南昭通镇守使。同治二年，二十六岁又做过贵州总督，到后因创伤回到家中，终于在家中死掉了。这青年军官死去时，所留下的一份光荣与一份产业，使他后嗣在本地方占了个较优越的地位。祖父本无子息，祖母为住乡下的叔祖父沈洪芳娶了个苗族姑娘，生了两个儿子，把老二过房做儿子。照当地习惯，和苗族所生儿女无社会地位，不能参与文武科举，因此这个苗女人被远远嫁去，乡下虽埋了个坟，却是假的。我照血统说，有一部分应属于苗族。我四五岁时，还曾到黄罗寨乡下去那个坟前磕过头。到一九二二年离开湘西时，在沅陵才从父亲口中明白这件事情。

就由于存在本地军人口中那一份光荣，引起了后人对军人家世的骄傲，我的父亲生下地时，祖母所期望的事，是家中再来一个将军。家中所期望的并不曾失望，自体魄与气度两方面说来，我爸爸生来就不缺少一个将军的风仪。硕大，结实，豪放，爽直，一个将军所必需的种种本色，爸爸无不兼备。爸爸十岁左右时，家中就为他请了武术教师同老塾师，学习做将军所不可少的技术与学识。但爸爸还不曾成名以前，我的祖母却死去了。那时正是庚子联军入京的第三年。当庚子年大沽失守，镇守大沽的罗提督自尽殉职时，我的爸爸便正在那里做他身边一员裨将。那次战争据说毁去了我家中产业的一大半。由于爸爸的爱好，家中一点较值钱的宝货常放在他身边，这一来，便完全失掉了。战事既已不可收拾，北京失陷后，爸爸回到了家乡。第三年祖母死去。祖母死时我刚活到这世界上四个月。那时我头上已经有两个姐姐，一个哥哥。没有庚子的战争，我爸爸不会回来，我也不会存在。关于祖母的死，我仿佛还依稀记得包裹得紧紧的，我被谁抱着在一个白色人堆里转动，随后还被搁到一个桌子上去。我家中自从祖母死后十余年内不曾死去一人，若不是我在两岁以后做梦，这点影子便应当是那时唯一的记忆。

我的兄弟姊妹共九个，我排行第四，除去幼年殇去的姊妹，现在生存的还有五个，计兄弟姊妹各一，我应当在第三。

我的母亲姓黄，年纪极小时就随同我一个舅父外出在军营中生活，所见事情很多，所读的书也似乎较爸爸读的稍多。

外祖黄河清是本地最早的贡生，守文庙做书院山长，也可说是当地唯一读书人。所以我母亲极小就认字读书，懂医方，会照相。舅父是个有新头脑的人物，本县第一个照相馆是那舅父办的，第一个邮政局也是舅父办的。我等兄弟姊妹的初步教育，便全是这个瘦小机警、富于胆气与常识的母亲担负的。我的教育得于母亲的不少，她告我认字，告我认识药名，告我决断——做男子极不可少的决断。我的气度得于父亲影响的较少，得于妈妈的似较多。

我读一本小书同时又读一本大书

　　因为先前那个学校比较近些，虽常常绕道上学，终不是个办法，且因绕道过远，把时间耽误太久时，无可托词。现在的学校可真很远很远了，不必包绕偏街，我便应当经过许多有趣味的地方了。从我家中到那个新的学塾里去时，路上我可看到针铺门前永远必有一个老人戴了极大的眼镜，低下头来在那里磨针。又可看到一个伞铺，大门敞开，做伞时十几个学徒一起工作，尽人欣赏。又有皮靴店，大胖子皮匠，天热时总腆出一个大而黑的肚皮（上面有一撮毛！）用夹板上鞋。

　　又有剃头铺，任何时节总有人手托一个小小木盘，呆呆地在那里尽剃头师傅刮脸。又可看到一家染坊，有强壮多力的苗人，踹在凹形石碾上面，站得高高的，手扶着墙上横木，偏左偏右地摇荡。又有三家苗人打豆腐的作坊，小腰白齿头包花帕的苗妇人，时时刻刻口上都轻声唱歌，一面引逗缚在身背后包单里的小苗人，一面

— 88 —

用放光的红铜勺舀取豆浆。我还必须经过一个豆粉作坊，远远的就可听到骡子推磨隆隆的声音，屋顶棚架上晾满白粉条。我还得经过一些屠户肉案桌，可看到那些新鲜猪肉砍碎时尚在跳动不止。我还得经过一家扎冥器出租花轿的铺子，有白面无常鬼，蓝面阎罗王，鱼龙，轿子，金童玉女。每天且可以从他那里看出有多少人接亲，有多少冥器，那些订做的作品又成就了多少，换了些什么式样。

并且还常常停顿下来，看他们贴金敷粉，涂色，一站许久。

我就欢喜看那些东西，一面看一面明白了许多事情。

每天上学时，我照例手肘上挂了那个竹书篮，里面放十多本破书。在家中虽不敢不穿鞋，可是一出了大门，即刻就把鞋脱下拿到手上，赤脚向学校走去。不管如何，时间照例是有多余的，因此我总得绕一节路玩玩。

既然到了溪边，有时候溪中涨了小小的水，就把裤管高卷，书篮顶在头上，一只手扶着，一只手照料裤子，在沿了城根流去的溪水中走去，直到水深齐膝处为止。学校在北门，我出的是西门，又进南门，再绕从城里大街一直走去。在南门河滩方面我还可以看一阵杀牛，机会好时恰好正看到那老实可怜畜牲放倒的情形。因为每天可以看一点点，杀牛的手续同牛内脏的位置，不久也就被我完全弄清楚了。再过去一点就是边街，有织簟子的铺子，每天任何时节皆有几个老人坐在门前小凳子上，用厚背的钢刀破篾，有两个小孩子蹲在地上织簟子。（我对于这一行手艺所明白的种种，现在说来似乎比写字还在行。）又有铁匠铺，制铁炉同风箱皆占据屋中，大门永远敞开着，时间即或再早一些，也可以看到一个小孩子两只手拉着风箱横柄，把整个身子的分量前倾后倒，风箱于是就连续发出一种吼声，火炉上便放出一股臭烟同红光。待到把赤红的热铁拉出搁放到铁砧上时，这个小东西，赶忙舞动细柄铁锤，把铁锤从身背后扬起，在身面前落下，火花四溅地一下一下打着。有时打的是一把刀，有时打的是一件农具。有时看到的又是这个小学徒跨在一条大板凳上，用一把凿子在未淬水的刀上起去铁皮，有时又是把一条薄薄的钢片嵌进熟铁里去。日子一多，关于任何一件铁器的制造秩序，我也不会弄错了。边街又有小饭铺，门前有个大竹筒，插满了用竹子削成的筷子。有干鱼同酸菜，用钵头装满放在门前柜台上。引诱主顾上门，意思好像是说，“吃我，随便吃我，好吃！”每次我总仔细看看，真所谓“过屠门而大嚼”，也过了瘾。

我最欢喜天上落雨，一落了小雨，若脚下穿的是布鞋，即或天气正当十冬腊月，我也可以用恐怕湿却鞋袜为辞，有理由即刻脱下鞋袜赤脚在街上走路。但最使人开心事，还是落过大雨以后，街上许多地方已被水所浸没，许多地方阴沟中涌出水来，在这些地方照例常常有人不能过身，我却赤着两脚故意向深水中走去。若河中涨了大水，照例上游会漂流的有木头，家具、南瓜同其他东西，就赶快到横跨大河的桥上去看热闹。桥上必已经有人用长绳系定了自己的腰身，在桥头上待着，注目水中，有所等待。看到有一段大木或一件值得下水的东西浮来时，就踊身一跃，骑到那树上，或傍近物边，把绳子缚定，自己便快快地向下游岸边泅去。另外几个在岸边的人把水中人援助上岸后，就把绳子拉着，或缠绕到大石上大树上去，于是第二次又有第二人来在桥头上等候。我欢喜看人在洄水里扳罾，巴掌大的活鲫鱼在网中蹦跳。一涨了水，照例也就可以看这种有趣味的事情。照家中规矩，一落雨就得穿上钉鞋，我可真不愿意穿那种笨重钉鞋。虽然在半夜时有人从街巷里过身，钉鞋声音实在好听，大白天对于钉鞋，我依然毫无兴味。

若在四月落了点小雨，山地里田塍上各处都是蟋蟀声音，真使人心花怒放。在这些时节，我便觉得学校真没有意思，简直坐不住，总得想方设法逃学上山去捉蟋蟀。有时没有什么东西安置这小东西，就走到那里去，把第一只捉到手后又捉第二只，两只手各有一只后，就听第三只。本地蟋蟀原分春秋二季，春季的多在田间泥里草里，秋季的多在人家附近石罅里瓦砾中，如今既然这东西只在泥层里，故即或两只手心各有一匹小东西后，我总还可以想方设法把第三只从泥土中赶出，看看若比较手中的大些，即开释了手中所有，捕捉新的，如此轮流换去，一整天方捉回两只小虫。城头上有白色炊烟，街巷里有摇铃铛卖煤油的声音，约当下午三点左右时，赶忙走到一个刻花板的老木匠那里去，很兴奋地同那木匠说："师傅师傅，今天可捉了大王来了！"

那木匠便故意装成无动于衷的神气，仍然坐在高凳上玩他的车盘，正眼也不看我的说："不成，要打打得赌点输赢！"

我说："输了替你磨刀成不成？"

"嗨，够了，我不要你磨刀，你哪会磨刀！上次磨凿子还磨坏了我的家伙！"

这不是冤枉我，我上次的确磨坏了他一把凿子。不好意思再说磨刀了，我说："师傅，那这样办法，你借给我一个瓦盆子，让我自己来试试这两只谁能干些好不好？"我说这话时真怪和气，为的是他以逸待劳，若不允许我还是无办法。

那木匠想了想，好像无可奈何才让步的样子，"借盆子得把战败的一只给我，算作租钱。"

我满口答应："那成，那成。"

于是他方离开车盘，很慷慨地借给我一个泥罐子，顷刻之间我就只剩下一只蟋蟀了。这木匠看看我捉来的虫还不坏，必向我提议："我们来比比，你赢了我借你这泥罐一天；你输了，你把这蟋蟀输给我，办法公平不公平？"我正需要那么一个办法，连说"公平，公平"，于是这木匠进去了一会儿，拿出一只蟋蟀来同我的斗，不消说，三五回合我的自然又败了。

他的蟋蟀照例却常常是我前一天输给他的。那木匠看看我有点颓丧，明白我认识那匹小东西，担心我生气时一摔，一面赶忙收拾盆罐，一面带着鼓励我的神气笑笑地说："老弟，老弟，明天再来，明天再来！你应当捉好的来，走远一点。明天来，明天来！"

我什么话也不说，微笑着，出了木匠的大门，空手回家了。

这样一整天在为雨水泡软的田塍上乱跑，回家时常常全身是泥，家中当然一望而知，于是不必多说，沿老例跪一根香，罚关在空房子里，不许哭，不许吃饭。等一会儿我自然可以从姐姐方面得到充饥的东西。悄悄地把东西吃下以后，我也疲倦了，因此空房中即或再冷一点，老鼠来去很多，一会儿就睡着，再也不知道如何上床的事了。

一个老战兵

当时在补充兵的意义下，每日受军事训练的，本城计分三组，我所属的一组为城外军官团陈姓教官办的，那时说来似乎高贵一些。另一组在城里镇守使衙门大操坪上操的，归镇守使署卫队杜连长主持，名分上便较差些。这两处都用新式入伍训练。还有一处归我本街一个老战兵滕四叔所主持，用的是旧式教练。新式教练看来虽十分合用，钢铁的纪律把每个人皆造就得自重强毅，但实在说来真无趣味。且想想，在附近中营游击衙门前小坪操练的一群小孩子，最大的不过十七岁，较小的还只十二岁，一下操场总是两点钟，一个跑步总是三十分钟，姿势稍有不合就是当胸一拳，服装稍有疏忽就是一巴掌。盘杠杆，从平台上拿顶，向木马上扑过，一下子掼到地上时，哼也不许哼一声。过天桥时还得双眼向前平视，来回做正步通过。野外演习时，不管是水是泥，喊卧下就得卧下。这些规矩纪律真不大同本地小孩性格相宜。可是旧式的那一组，却太潇洒了。他们学的是翻筋斗，打藤牌，舞长稍，耍齐眉棍。我们穿一色到底的灰衣，他们却穿各色各样花衣。他们有描花皮类的方盾牌，藤类编成的圆盾牌，有弓箭，有标枪，有各种华丽悦目的武器。他们或单独学习，或成对厮打，各人可各照自己意见去选择。他们常常是一人手持盾牌军刀，一人使关刀或戈矛，照规矩练"大刀取耳""单戈破牌"或其他有趣厮杀题目。两人一面厮打一面大声喊"砍""杀""摔""坐"，应当归谁翻一个筋斗时，另一个就用敏捷的姿势退后一步，让出个小小地位。应当归谁败下时，战败的跌倒时也有一定的章法，做得又自然，又活泼。做教师的在身旁指点，稍有了些错误自己就占据到那个地位上去示范，为他们纠正错误。

这教师就是个奇人趣人，不拘向任何一方翻筋斗时，毫不用力，只需把头一偏，即刻就可以将身体在空中打一个转折。他又会爬树，极高的椵子，顷刻之间就可上去。他又会拿顶，在城墙雉堞上，在城楼上，在高椵半空棋料上，无地无处不可以身体倒竖把手当成双脚，来支持很久的时间。他又会洇水，任何深处都可以一糸子到底，任何深处都可以洇去。他又会摸鱼，钓鱼，叉鱼，有鱼的地方他就可以得鱼。他又明医术，谁跌碰伤了手脚时，随手采几样路边草药，捣碎敷上，就可包好。他又善于养鸡养鸭，大门前常有许多高贵种类的斗鸡。他又会种花，会接果树，会用泥土捏塑人像。

这旧式的一组能够存在，且居然能够招收许多子弟，实在说来，就全为的是这个教练的奇才异能。他虽同那么一大堆小孩子成天在一处过日子，却从不拿谁一个钱，也从不要公家津贴一个钱。他只属于中营的一个老战兵，他做这件事也只因为他欢喜同小孩子在一处。全城人皆喊他为"滕师傅"，他却的的确确不委屈这一个称呼。他样样来得懂得，并且无一事不精明在行，你要骗他可不成，你要打他你打不过他。最难得处就是他比谁都和气，比谁都公道。但由于他是一个不识字的老战兵，见"额外""守备"这一类小官时也得谦谦和和地喊一声"总爷"。他不单教小孩子打拳，有时还鼓励小孩子打架；他不只教他们摆阵，甚至于还教他们洗澡、赌博。因此家中有规矩点的小孩，却不大到他这里来，到他身边来的，多数是些寒微人家子弟。

他家里藏了漆朱红花纹的牛皮盾牌，带红缨的标枪，镀银的方天画戟，白檀木的齐眉棍。他家中有无数的武器，同时也有无数的玩具：有锣、有鼓、有笛子胡琴，渔鼓简板，骨牌纸牌，无不齐全。大白天，家中照例当常有人唱戏打牌，如同一个俱乐部。到了应当练习武艺时，弟子儿郎们便各自打了武器到操坪去。天气炎热不练武，吃过饭后就带领一群小孩，并一笼雏鸭，拿了光致致的小鱼叉，一同出城下河去教练小孩子泅水，且用极优美姿势钻进深水中去摸鱼。

在我们新式操练两组里，谁犯了事，不问年龄大小，不是当胸一拳，就是罚半点钟立正，或一个人独自绕操场跑步一点钟。可是在他们这方面，就不作兴这类苛刻处罚。一提到处罚，他们就嘲笑这是种"洋办法"，事情由他们看来十分好笑。至于他们的错误，改正错误的，却总是那师傅来一个示范的典雅动作，相伴一个微笑。犯了事，应该处罚，也总不外是罚他泅过河一次，或类似有趣味的待遇，在处罚中即包含另一种行为的奖励。我们敬畏老师，一见教官时就严肃了许多，也拘束了许多。他们则爱他的师傅，一近身时就潇洒快乐了许多。我们那两组学到后来得学打靶、白刃战的练习，终点是学科中的艰深道理，射击学，筑城学，以及种种不顺耳与普通生活无关系的名词。他们学到后来却是驰马射箭，再多学些便学摆阵，人穿了五彩衣服，扛了武器和旗帜，各自随方位调动，随金鼓声进退。我们永远是枯燥的，把人弄呆板起来，对生命不流动的。他们却自始至终使人活泼而有趣味，学习本身同游戏就无法分开。

本地武备补充训练既分三处，当时从学的，最合于事实的希望，大都只盼得一个守兵的名额。我们新式操练成绩虽不坏，可是有守兵出缺实行考试时，还依然让那老战兵所教练的旧式一组得去名额最多。即到十六年后的现在，从三处出身的军官，精明，能干，勇敢，负责，也仍然是一个从他那儿受过基础教育的张姓团长，最在行出色。

当时我同那老战兵既同住一条街上，家中间或有了什么小事，还得常常请他帮点忙。譬如要点药，或做点别的事，总少不了他。可是家中却不许我跟这老战兵在一处，还是要我扛了一支长长的青竹子，出城过军官团去学习撑篙跳，让班长用拳头打胸脯，大约就为的是担心我跟这样俗气的人把习惯弄坏。但家中却料不到十来年后，在军队中好几次危险，我用来自救救人的知识，便差不多全是从那老战兵学来的！

在我那地方，学识方面使我敬重的是我一个姨父，是个进士，辛亥后民选县知事。带兵方面使我敬重的是本地一统领官。做人最美技能最多，使我觉得他富于人性十分可爱的，就是这个老战兵。

家中对于我的放荡既缺少任何有效方法来纠正，家中正为外出的爸爸卖去了大部分不动产，还了几笔较大的债务，景况一天比一天坏下去。加之二姐死去，因此母亲看开了些，以为与其让我在家中堕入下流，不如打发我到世界上去学习生存。在各样机会上去做人，在各种生活上去得到知识与教训。

当我母亲那么打算了一下，决定了要让我走出家庭到广大社会中去竞争生存时，就去向一个杨姓军官谈及，得到了那方面的许可，应允尽我用补充兵的名义，同过辰州。那天我自己还正好泡在河水里，试验我从那老战兵学来的沉入水底以后的耐久力，与仰卧水面的上浮力。这天正是旧历七月十五中元节，我记得分明，到河边还为的是拿了些纸钱同水酒白肉奠祭河鬼。照习俗，这一天谁也不敢落水，河中清静异常。

纸钱烧过后，我却把酒倒到水中去，把一块半斤重熟肉吃尽，脱了衣裤，独自一人在清清的河水中拍浮了约两点钟。

七月十六那天早上，我就背了小小包袱，离开了本县学校，开始混进一个更广泛的学校了。

常 德

　　我本预备到北京的，但去不成。我本想走得越远越好，正以为我必得走到一个使人忘却了我的种种过失我的存在，也使自己忘却了自己种种痴处蠢处的地方，方能够再活下去。可是一到常德后，便有个人把我留下了。

　　到常德后，一时什么事也不能做，只住在每天连伙食共需三毛六分钱的小客栈里打发日子。因此最多的去处还依然同上年在辰州军队里一样，一条河街占去了我大部分生活。辰州河街不过一二里长，几家做船上人买卖的小茶馆，同几家与船上人做交易的杂货铺，常德的河街可不同多了。这是一条长约三里的河街，有客栈，有花纱行，有油行，有卖船上铁锚铁链的大铺子，有税局，有各种会馆与行庄。这河街既那么长又那么复杂，长年且因为被城中人担水把地面弄得透湿的。我每天来回走个一回两回，又在任何一处随意蹲下欣赏那些眼前发生的新事，以及照例存在的一切，日子很快的也就又夜下来了。

那河街既那么长，我最中意的是名为麻阳街的一段。那里一面是城墙，一面是临河而起的一排陋隘逼窄的小屋。有烟馆同面馆，有卖绳缆的铺子，有杂货字号。有屠户，有门前挂满了熏干狗肉的狗肉铺，有铸铁锚与琢硬木活车以及贩卖小船上应用器具的小铺子。又有小小理发馆，走路的人从街上过身时，总常常可见到一些大而圆的脑袋，带了三分呆气在那里让剃头师傅用刀刮头，或偏了头搁在一条大腿上，在那里向阳取耳。这一条街上污浊不过，一年总是湿漉漉的不好走路，且一年四季总不免有种古怪气味。河中还泊满了住家的小船，以及从辰河上游洪江一带装运桐油牛皮的大船。上游某一帮船只拢岸时，这河街上各处都是水手。只看到这些水手手里提了干鱼，或扛了大南瓜到处走动，各人皆忙匆匆地把从上游本乡带来的礼物送给亲戚朋友。这街上又有些从河街小屋子里与河船上长大的小孩子，大白天三三五五捧了红冠大公鸡，身前身后跟了一只肥狗，街头街尾各处找寻别的公鸡打架。一见了什么人家的公鸡时，就把怀里的鸡远远抛去，各占据着那堆积在城墙脚下的木料堆上观战。自己公鸡战败时，就走拢去踢别的公鸡一脚出气。或者因点别的什么事，两人互骂了一句娘，看看谁也不能输那一口气，就在街中很勇敢

地揪打起来，缠成一团揉到烂泥里去。

那街上卖糕的必敲竹梆，卖糖的必打小铜锣，这些人在引起别人注意方法上，皆知道在过街时口中唱出一种放荡的调子，同女人身体某些部分相关，逗人发笑。街上又常常有妇女坐在门前矮凳上大哭乱骂，或者用一把菜刀，在一块木板上一面砍一面骂那把鸡偷去宰吃了的人。那街上且常常可以看到穿了青羽缎马褂、新浆洗过蓝布长衫的船老板，带了很多礼物来送熟人。街头中又常常有唱木头人戏的，当街靠城架了场面，在一种奇妙处置下"当当当当蓬蓬当"地响起锣鼓来，许多闲汉小孩便张大了嘴看那个傀儡戏，到收钱时却一哄而散。

那街上许多茶馆，一面临街，一面临河，旁边甬道下去就是河码头。从各小船上岸的人多从这甬道上下，因此来去的人也极多。船上到夜来各处全是灯，河中心有许多小船各处摇去，弄船人拖出长长的声音卖烧酒同猪蹄子粉条。我想象那个粉条一定不坏，很愿意有一个机会到那小船上去吃点什么喝点什么，但当然办不到。

我到这街上来来去去，看这些人如何生活，如何快乐又如何忧愁，我也就仿佛同样得到了一点生活意义。

我又间或跑向轮船码头去看那些从长沙从汉口来的小轮船，在趸船一角怯怯地站住，看那些学生模样的青年和体面女人上下船，看那些人的样子，也看那些人的行李。间或发现了一个人的皮箱上贴了许多上海北京各地旅馆的标志，我总悄悄地走过去好好地研究它一番，估计这人究竟从哪儿来。

内河小轮船刚一抵岸，在我这乡巴佬的眼下实在是一种奇观。

我间或又爬上城去，在那石头城上兜一个圈子，一面散步，一面且居高临下地欣赏那些傍了城墙脚边住家的院子里一切情形。在近北门一方面，地邻小河，每天照例有不少染坊工人，担了青布白布出城过空场上去晒晾，又有军队中人放马，又可看到埋人，又可看鸭子同白鹅。一个人既然无事可做，因此到城头看过了城外的一切，还觉得有点不足时，就出城到那些大场坪里去找染坊工人与马伕谈话，情形也就十分平常。我虽然已经好像一个读书人了，可是事实上一切精神却更近于一个兵士，到他们身边时，我们谈到的问题，实在就比我到一个学生身边时可谈的更多。就现在说来，我同任何一个下等人就似乎有很多方面的话可谈，他们那点感想，那点希望，也大多数同我一样，皆从现实生活取证来的。可是若同一个大学教授谈话，他除了说说从书本上学来的那一套心得以外，就是说从报纸上得来的他那一份感想，对于一个人生命的构成，总似乎短少一点什么似的，可说的也就很少很少了。

我有时还跟随一队埋人的行列，走到葬地去，看他们下葬的手续与我那地方的习俗如何不同。

学历史的地方

　　从川东回湘西后，我的缮写能力得到了一方面的认识，我在那个治军有方的统领官身边做书记了。薪饷仍然每月九元，却住在一个山上高处单独新房子里。那地方是本军的会议室，有什么会议需要纪录时，机要秘书不在场，间或便应归我担任。这份生活实在是我一个转机，使我对于整个历史各时代各方面的光辉，得了一个从容机会去认识，去接近。原来这房中放了四五个大楠木橱柜，大橱里约有百来轴自宋及明清的旧画，与几十件铜器及古瓷，还有十来箱书籍，一大批碑帖，不多久且来了一部《四部丛刊》。这统领官既是个以王守仁曾国藩自许的军人，每个日子治学的时间，似乎便同治事时间相等，每遇取书或抄录书中某一段时，必令我去替他做好。那些书籍既各得安置在一个固定地方，书籍外边又必须做一识别，故二十四个书箱的表面，书籍的秩序，全由我去安排。旧画与古董登记时，我又得知道这一幅画的人名时代同他当时的地位，或器物名称同它的用处。由于应用，我同时就学会了许多知识。又由于习染，我成天翻来翻去，把那些旧书大部分也慢慢地看懂了。

我的事情那时已经比我在参谋处服务时忙了些，任何时节都有事做。我虽可随时离开那会议室，自由自在到另一个地方去玩，但正当玩得十分畅快时，也会为一个差弁找回去的。军队中既常有急电或别的公文，在半夜时送来，回文如需即刻抄写时，我就随时得起床做事。但正因为把我仿佛关闭到这一个房子里，不便自由离开，把我一部分玩的时间皆加入到生活中来，日子一长，我便显得过于清闲了。因此无事可做时，把那些旧画一轴一轴地取出，挂到壁间独自来鉴赏，或翻开《西清古鉴》《薛氏彝器钟鼎款识》这一类书，努力去从文字与形体上认识房中铜器的名称和价值，再去乱翻那些书籍。一部书若不知道作者是什么时代的人时，便去翻《四库提要》。这就是说，我从这方面对于这个民族在一段长长的年份中，用一片颜色，一把线，一块青铜或一堆泥土，以及一组文字，加上自己生命做成的种种艺术，皆得了一个初步普遍的认识。由于这点初步知识，使一个以鉴赏人类生活与自然现象为生的乡下人，进而对于人类智慧光辉的领会，发生了极宽泛而深切的兴味。若说这是个人的幸运，这点幸运是不得不感谢那个统领官的。

那军官的文稿，草字极不容易认识，我就从他那手稿上，望文会义地认识了不少新字。但使我很感动的，影响到一生工作的，却是他那种稀有的精神和人格。天未亮时起身，半夜里还不睡觉。任什么事他明白，任什么他懂。他自奉常常同个下级军官一样。在某一方面来说，他还天真烂漫，什么是好的他就去学习，去理解。处置一切他总敏捷稳重。由于他那份稀奇精力，算军在湘西二十年来博取了最好的名誉，内部团结得如一片坚硬的铁，一束不可分离的丝。

到了这时我性格也似乎稍变了些，我表面生活的变更，还不如内部精神生活变动的剧烈。但在行为方面，我已经同一些老同事稍稍疏远了。有时我到屋后高山去玩玩，有时又走近那可爱的河水玩玩，总拿了一本线装书。我所读的一些旧书，差不多就完全是这段时间中奠基的。我常常躺在一片草场上看书，看厌倦时，便把视线从书本移开，看白云在空中移动，看河水中缓缓流去的菜叶。既多读了些书，把感情弄柔和了许多，接近自然时感觉也稍稍不同了。加之人又长大了一点，也间或有些不安于现实的打算，为一些过去了的或未来的东西所苦恼，因此生活虽在一种极有希望的情况中过着日子，我却觉得异常寂寞。

那时节我爸爸已从北方归来，正在那个前驻龙潭的张指挥部做军医正。他们军队虽有些还在川东，指挥部已移防下驻辰州。我的母亲和最小的九妹皆在辰州。家中人对我前事已毫无芥蒂。我的弟弟正同我在一个部中做书记，我们感情又非常好。

我需要几个朋友，那些老朋友却不能同我谈话。我要的是个听我陈述一份酝酿在心中十分混乱的感情。我要的是对于这种感情的启发与疏解，熟人中可没有这种人。可是不久却有个人来了，是我一个姨父。这人姓聂，与熊希龄同科的进士。上一次从桃源同我搭船上行的表弟便是他的儿子。这人是那统领官的先生，一来时被接待住在对河一个庙里，地名狮子洞。为人知识极博，而且非常有趣味，我便常常过河去听他谈"宋元哲学"，谈"大乘"，谈"因明"，谈"进化论"，谈一切我所不知道却愿意知道的种种问题。这种谈话显然也使他十分快乐，因此每次所谈时间总很长很久。但这么一来，我的幻想更宽，寂寞也就更大了。

一个转机

调进报馆后，我同一个印刷工头住在一间房子里。房中只有一个窗口，门小小的。隔壁是两架手摇平板印刷机，终日叽叽咯咯大声响着。

这印刷工人倒是个有趣味的人物。脸庞眼睛全是圆的，身个儿长长的，具有一点青年挺拔的气度。虽只是个工人，却因为在长沙地方得风气之先，由于"五四"运动的影响，成了个进步工人。他买了好些新书新杂志，削了几块白木板子，用钉子钉到墙上去，就把这些古怪东西放在上面。我从司令部搬来的字帖同诗集，却把它们放到方桌上。我们同在一个房里睡觉，同在一盏灯下做事，他看他新书时我就看我的旧书。他把印刷纸稿拿去同几个别的工人排好印出样张时，我就好好地来校对。到后自然而然我们就熟习了。我们一熟习，我那好向人发问的乡巴佬脾气，有机会时，必不放过那点机会。我问那本封面上有一个打赤膊人像的书是什么，他告了我是《改造》以后，我又问他那《超人》是什么东西。我还记得他那时的样子，脸庞同眼睛皆圆圆的，简直同一匹猫儿一样："唉，伢俐，怎么个末朽？一个天下闻名的女诗人……也不知道么？""我只知道唐朝女诗人鱼玄机是个道士。""新的呢？""我知道随园女弟子。""再新一点？"我把头摇摇，不说话了。我看他那神气，我觉得有点害羞，我实在什么也不知道。一会儿我可就知道了，因为我顺从他的指点，看了这本书中一篇小说。看完后我说："这个我知道了。你那报纸是什么报纸？是老《申报》吗？"于是他一句话不说，又把刚清理好的一卷《创造周报》推到我面前来，意思好像只要我一看就会明白似的，若不看，他纵说也说不明白。看了一会，我记着了几个人的名字。又知道白话文与文言文不同的地方，其一落脚用"也"字同"焉"字，其一落脚却用"呀"字同"氨"字；其一写一件事情越说得少越好，其一写一件事情越说得多越好。我自己明白了这点区别以后，又去问那印刷工人，他告我的大体也差不多。当时他似乎对于我有点觉得好笑。在他眼中，我真如长沙话所谓有点"朽"。

不过他似乎也很寂寞，需要有人谈天，并且向这个人表现表现思想。就告我白话文最要紧处是"有思想"，若无思想，不成文章。当时我不明白什么是思想，觉得十分忸怩。若猜得着十年后我写了些文章，被一些连看我文章上所说的话语意思也不懂的批评家，胡乱来批评我文章"没有思想"时，我即不懂"思想"是什么意思，当时似乎也就不必怎样惭愧了。

这印刷工人我很感谢他，因为若没有他的一些新书，我虽时时刻刻为人生现象自然现象所神往倾心，却不知道为新的人生智慧光辉而倾心。我从他那儿知道了些新的，正在另一片土地同一日头所照及的地方的人，如何去用他们的脑子，对于目前社会做反复检讨与批判，又如何幻想一个未来社会的标准与轮廓。他们那么热心在人类行为上找寻错误处，发现合理处，我初初注意到时，真发生不少反感！可是，为时不久，我便被这些大小书本征服了。我对于新书投了降，不再看《花间集》，不再写《曹娥碑》，却欢喜看《新潮》《改造》了。

我记下了许多新人物的名字，好像这些人同我都非常熟习。我崇拜他们，觉得比任何人还值得崇拜。我总觉得稀奇，他们为什么知道事情那么多，一动起手来就写了那么多，并且写得那么好。

为了读过些新书，知识同权力相比，我愿意得到智慧，放下权力。我明白人活到社会里，应当有许多事情可做，应当为现在的别人去设想，为未来的人类去设想，应当如何去思索生活，且应当如何去为大多数人牺牲，为自己一点点理想受苦，不能随便马虎过日子，不能委屈过日子。

我常常看到报纸上普通新闻栏说的卖报童子读书、补锅匠捐款兴学等记载，便想，自己读书既毫无机会，捐款兴学倒必须做到。有一次得了十天的薪饷就全部买了邮票，封进一个信封里，另外又写了一张信笺，说明自己捐款兴学的意思。末尾署名"隐名兵士"，悄悄把信寄到上海《民国日报·觉悟》编辑处去，请求转交"工读团"。做过这件事情后，心中有说不出的秘密愉快。

那时皮工厂，帽工厂，被服厂，修械厂组织就绪已多日，各部分皆有了大规模的标准出品。师范讲习所第一班已将近毕业，中学校，女学校，模范学校，全已在极有条理情形中上课。我一面在校对职务上做我的事情，一面向那印刷工人问些下面的情形，一面就常常到各处去欣赏那些我从不见到过的东西。修械处的长大车床与各种大小轮轴，被一条在空中的皮带拖着飞跃活动，从我眼中看来实在是一种壮观。其他各个工厂亦无不触目惊人。还有学校，那些从各处派来的青年学生，在一般年轻教师指导下，在无事无物不新的情形中，那份活动实在使我十分羡慕。我无事情可做时，总常常去看他们上课，看他们打球。学生中有些原来和我在小学时节一堆玩过闹过的，把我请到他们宿舍去，看看他们那样过日子，我便有点难受。我能聊以自解的只一件事，就是我正在为国家服务，却已把服务所得，做了一次捐资兴学的伟大事业。

本军既多了一些税收，乡长会议复决定了发行钞票的议案，金融集中到本市，因此本地顿呈现空前的繁荣。为了乡自治的决议案，各县皆摊款筹办各种学校，同时造就师资，又决定了派送学生出省或本省学习的办法。凡学棉业、蚕桑、机械、师范，以及其他适于建设的学生，在相当考试下，皆可由公家补助外出就学。若愿入本省军官学校，人既在本部任职，只要有意思前去，既可临时改委一少尉衔送去。我想想，我也得学一样切实的技能，好来为本军服务。可是我应当学什么能够学什么，完全不知道。

因为部中的文件缮写，需要我处似乎比报纸较多，我不久又被调了回去，仍然做我的书记。过了不久，一场热病袭到了身上，在高热糊涂中任何食物不入口，头痛得像斧劈，鼻血一碗一摊地流。我支持了四十天。感谢一切过去的生活，造就我这个结实的体魄，没有被这场大病把生命取去。但危险期刚过不久，平时结实得同一只猛虎一样的老同学陆弢，为了同一个朋友争口气，泅过宽约一里的河中，却在小小疏忽中被洄流卷下淹死了。第四天后把他尸体从水面拖起，我去收拾他的尸骸掩埋，看见那个臃肿样子时，我发生了对自己的疑问。我病死或淹死或到外边去饿死，有什么不同？若前些日子病死了，连许多没有看过的东西都不能见到，许多不曾到过的地方也无从走去，真无意思。我知道见到的实在太少，应知道应见到的可太多，怎么办？

我想我得进一个学校，去学些我不明白的问题，得向些新地方，去看些听些使我耳目一新的世界。我闷闷沉沉地躺在床上，在水边，在山头，在大厨房同马房，我痴呆想了整四天，谁也不商量，自己很秘密地想了四天。到后得到一个结论了，那么打量着："好坏我总有一天得死去，多见几个新鲜日头，多过几个新鲜的桥，在一些危险中使尽最后一点气力，咽下最后一口气，比较在这儿病死或无意中为流弹打死，似乎应当有意思些。"到后，我便这样决定了："尽管向更远处走去，向一个生疏世界走去，把自己生命押上去，赌一注看看，看看我自己来支配一下自己，比让命运来处置得更合理一点呢还是更糟糕一点？若好，一切有办法，一切今天不能解决的明天可望解决，那我赢了；若不好，向一个陌生地方跑去，我终于有一时节肚子瘪瘪的倒在人家空房下阴沟边，那我输了。"

我准备过北京读书，读书不成便做一个警察，做警察也不成，那就认了输，不再做别的好打算了。

当我把这点意见，这样打算，怯怯地同我上司说及时，感谢他，尽我拿了三个月的薪水以外，还给了我一种鼓励。临走时他说："你到那儿去看看，能进什么学校，一年两年可以毕业，这里给你寄钱来。情形不合，你想回来，这里仍然有你吃饭的地方。"我于是就拿了他写给我的一个手谕，向军需处取了二十七块钱，连同他给我的一份勇气，离开了我那个学校，从湖南到汉口，从汉口到郑州，从郑州转徐州，从徐州又转天津，十九天后，提了一卷行李，出了北京前门的车站，呆头呆脑在车站前面广坪中站了一会。走来一个拉排车的，高个子，一看情形知道我是乡巴佬，就告给我可以坐他的排车到我所要到的地方去。我相信了他的建议，把自己那点简单行李，同一个瘦小的身体，搁到那排车上去，很可笑地让这运货排车把我拖进了北京西河沿一家小客店，在旅客簿上写下——

沈从文年二十岁学生湖南凤凰县人

便开始进到一个使我永远无从毕业的学校，来学那课永远学不尽的人生了。

图书在版编目（CIP）数据

腊八粥 / 沈从文著. -- 武汉：长江文艺出版社，
2023.9
ISBN 978-7-5702-3240-6

Ⅰ. ①腊… Ⅱ. ①沈… Ⅲ. ①散文集－中国－现代②
小说集－中国－现代③沈从文（1902-1988）－自传
Ⅳ. ①I216.2②K825.6

中国国家版本馆CIP数据核字(2023)第125281号

腊八粥
LABAZHOU

责任编辑：梁碧莹　　　　　　　　　责任校对：毛季慧
封面设计：天行云翼　·宋晓亮　　　　责任印制：邱　莉　杨　帆

出版：长江出版传媒　长江文艺出版社
地址：武汉市雄楚大街 268 号　　　　邮编：430070
发行：长江文艺出版社
http://www.cjlap.com
印刷：武汉林瑞升包装科技有限公司

开本：640 毫米×970 毫米　　　1/16　　印张：7.5　　　插页：4 页
版次：2023 年 9 月第 1 版　　　　2023 年 9 月第 1 次印刷
字数：62 千字

定价：23.00 元